KB065396

로크미디어가
유혹하는
재미있는 세상

ROK
MEDIA
로크미디어

만렙닥터
리턴즈

만렙 닥터 리턴즈 2

2022년 1월 5일 초판 1쇄 인쇄
2022년 1월 10일 초판 1쇄 발행

지은이 13월생
발행인 김정수 강준규

기획 이기헌 왕소현 박경무 강민구
책임편집 주현진
마케팅지원 배진경 임혜솔 송지유 이영선

발행처 (주)로크미디어
출판등록 2003년 3월 24일
주소 서울시 마포구 성암로 330 DMC첨단산업센터 318호
Tel (02)3273-5135 **편집** (070)7860-2726 **Fax** (02)3273-5134
홈페이지 rokmedia.com **E-mail** rokmedia@empas.com

ⓒ 13월생, 2022

값 8,000원

ISBN 979-11-354-7402-6 (2권)
ISBN 979-11-354-7400-2 04810 (세트)

ROK
MEDIA
로크미디어

만렙닥터

13월생 현대 판타지 장편소설 ②

리턴즈

Contents

그녀는 예뻤다

이번 일로 난 두 가지를 얻었다.

하나는 눈에 넣어도 아프지 않을 하은이, 또 하나는 한상훈이라는 적을 얻었다.

한상훈은 이번 하은이 수술에 대한 기대가 남달랐을 것이다. 이번 수술을 잘 마무리해 부교수로 승진하는 디딤돌로 삼으려 했으니까.

하지만 이번 사건을 계기로 한상훈은 수술에서 배제되고 말았다. 당연히 자존심에 커다란 상처를 입었을 것.

결국, 이번 일을 계기로 한상훈과 나는 결코 한배를 탈 수 없는 입장이 돼 버리고 말았다.

하지만 그건 중요하지 않다. 아니, 어쩌면 더 잘된 일인지도 모른다.

어차피 한상훈과 나는 섞일 수 없는 사람이니까.

굳이 나서지는 않겠지만 싸움을 걸어온다면 피하지 않을 것이다.

전생에서처럼 기라면 기고, X구멍 빨라면 빨지 않을 것이다. 당당히 실력으로 붙을 것이다.

지금의 난 전생의 힘없는 곁가지 김윤찬이 아니니까.

진정한 싸움은 지금부터다.

구내 휴게실.

"윤찬아, 우리 과에 누가 왔는지 알아?"

의료계에서 기피 대상 1호, 흉부외과. 다들 그쪽으로는 오줌도 안 싼다고 할 만큼 치를 떠는 곳이 바로 흉부외과였다.

그러니 항상 인력 부족에 기존 수련의들은 말 그대로 똥싸고 밑 닦을 시간도 없었다.

그런 와중에 반가운 소식이 들렸다. 레지던트 한 명이 타병원에서 긴급 수혈된 것.

게다가 엄청난 미인이란다.

이택진이 호들갑을 떨 이유는 충분했다.

"인마, 관심 좀 가져라, 빅뉴스라고 빅뉴스!"

"누군데 그렇게 호들갑을 떨고 난리야?"

"완전 대박이야."

"도대체 누군데?"

"겁나 예뻐."

누구냐고 물었는데 예쁘단다.

"미친놈. 내가 누구냐고 물었지 생긴 거 물어봤냐?"

"아무튼 각설하고 겁나 예뻐."

"그런데 어쩌라고?"

"어라? 뭐냐, 이 반응은?"

"난 안 예뻐도 좋으니까, 일이나 잘하는 사람이 들어왔으면 하는 바람이다."

"부처 같은 소리하고 자빠졌네. 속으로는 좋으면서."

이택진이 샐쭉거렸다.

"됐네요. 가뜩이나 눈 붙일 새도 없는데. 사람 하나 더 들어와서 30분이라도 더 잘 수 있다는 희망 말고는 다른 것 없다."

"미친놈아! 완전 소녀시대라고!"

"소녀시대는 TV에 나올 때나 소녀시대야. 여긴, 전쟁터 같은 흉부외과라는 걸 잊지 마라. 소녀시대로 들어왔다 가요무대 되는 곳이라고."

"하여간, 내가 너한테 무슨 말을 하냐. 내 주둥이를 찢어버리고 싶다."

이택진이 인상을 구겼다.

"일이나 해. 괜히 곁눈질하지 말고."

"싫다! 가뜩이나 시커먼 인간들만 득실거리는 이 지옥에 천사가 들어왔는데, 홀대해서 되겠냐? 나라도 잘해 줘야지. 얼핏 보니까 딱 내 스타일이더라."

후후후, 과연 그럴까? 그녀의 진수를 확인하고도 그런 말을 할 수 있나 보자, 이 녀석아.

"야, 쓸데없는 생각 말고 환자나 관리 잘해. 708호 김정호 환자, 또 술 마셨다면서?"

"그러게 말이다. 말도 마라. 심근경색 환자가 이게 무슨 만행이냐? 이번이 벌써 세 번째야."

이택진이 한숨을 내쉬었다.

"수술 스케줄 또 연기됐겠네?"

"당연하지. 간 수치 엉망진창이야. 간이 멍청해서 그렇지, 나 같으면 몸 밖으로 튀어나왔을 거다. 살려 달라고."

"……."

"그러다가 심장보다 간이 먼저 나가떨어지겠어. 간 때문에 헤파린(혈액응고 억제제)도 못 쓰는데 개뿔 무슨 수술?"

"고함 교수님이 미드캡(최소 침습 관상동맥 우회술)의 대가시니 펌프 안 돌려도 되긴 하지만, 그래도 쉽진 않겠지."

"뭐, 캐비지고 미드캠이고 고함 교수님이 한 번 더 술 마시다 걸리면, 당장 퇴원시키래."

"후우."

"그나저나, 그 할아버지 좀 이상해. 같은 방 환자들한테 자기가 주식으로 수억 날려서 자식들이 코빼기도 안 비친다고 자랑하듯이 떠들더래. 어이없게. 그게 무슨 자랑이야?"

"한번 가 봐야겠네."

"가 봐야 소용없어. 그 할아버지 돌아가실 작정하고 병원에 온 게 틀림없으니까."

"그래도 어떡하든 설득해서 수술은 받게 해야 할 것 아냐?"

"네 마음대로 해라. 난 지쳐서 더 이상은 감당 못 하겠어. 지난번엔 뭐라고 하셨는지 알아?"

"뭐랬는데?"

"어이없게, 나보고 의사 가운 좀 빌려달래."

"의사 가운을?"

"그래, 그거 입고 몰라 나가서 술 사 온다고. 젠장, 이게 말이냐?"

이택진이 진저리를 쳤다.

"그래?"

잠시 후, 708호 병실.

"할아버님, 자꾸 이렇게 술을 몰래 드시면 수술 못 해요. 벌써, 이게 몇 번째예요."

링거를 갈아 주며 말했다.

"가망도 없는데 수술해서 뭐 하남? 이제 할망구한테 갈 때가 다 됐어."

"할머님이 돌아가셨나요?"

"암만, 먼저 간 지 5년이 넘었어."

"아, 네."

"내가 무슨 영화를 더 보겠다고 이러고 있는지 모르겠어. 자식들도 버린 썩은 몸뚱인데."

"할아버지 그렇게 쉽게 돌아가시지 않아요. 아무튼, 한 번만 더 술 드시면 진짜, 강제 퇴원되는 줄 아세요. 알았어요?"

"알았어. 그나저나 의사 선생, 내가 살 수 있긴 한겨?"

"거봐요, 살고 싶으시죠? 그러니까, 제발 몰래 술 좀 드시지 마세요."

"말혀 봐, 살 수 있는 거냐고?"

"의사가 할 수 있는 건 '최선을 다하겠습니다.'라는 말뿐이에요. 나머진, 할아버지께서 마음먹기 달려 있어요. 할아버지만 포기하지 않으신다면, 저희도 포기하지 않아요. 알았죠?"

"말은 청산유수구먼."

말은 그렇게 하지만 할아버지의 말투는 한결 부드러워졌다.

"검사 다시 해야 하니까, 오늘부터 금식이에요. 노파심에 다시 당부하지만, 오늘부터 술 한 방울이라도 드시면, 큰일

나는 줄 아세요."

"목소리 좀 낮춰. 아직 귀는 쌩쌩한께."

"네, 푹 쉬세요."

"저그 있는 오렌지 주스나 가져다 묵든가 말든가 햐. 어차
피 내는 시어가꼬 못 마싱께."

김정호 할아버지가 슬그머니 선반 위에 있는 음료를 가리
켰다.

"네에, 한 개만 가져갈게요."

"아녀, 몽땅 가지고 가. 난 안 묵어. 쐐주라면 몰라도."

"할아버지!"

"알았다고, 화통을 삶아 먹었나? 육시럴, 뭔 놈에 목소리
가 이렇게 거시기 혀?"

할아버지가 벌러덩 눕더니 담요를 머리끝까지 올려 버렸
다.

💔

그리고 며칠 후, 나와 이택진은 새로 우리 과에 들어온 소
녀시대, 한은정의 본질을 확인할 기회를 얻게 되었다.

14번 수술방, VSD(심실중격결손) 수술.

좌심실과 우심실 사이에 있는 벽에 생긴 구멍을 메워 주는
수술이었다.

하지만 구멍을 메웠음에도 불구하고 승모판막의 역류가 심해 수술 시간은 지연되었고, 3시간 예정이었던 수술은 6시간이 훨씬 지나 끝날 수 있었다.

"야, 쟤 지금 자빠져 자고 있는 거냐? 당장 쫓아내 버려!"

고함 교수가 힐끗거리더니 전공의 하나를 지목했다.

수술방의 위계질서는 엄격하다.

집도의, 퍼스트, 그리고 세컨드, 써드 어시스트로 구성되어 있다.

써드 어시스트 자리는 군대로 치자면 신참 이등병이라고 보면 크게 다르지 않을 것.

써드 자리에서 퍼스트까지의 거리는 겨우 2미터. 하지만 그곳까지 가는 데 3년이 걸리니, 군대 생활과 다를 바가 없었다.

물론, 국방부 시계는 거꾸로 돌려놔도 흘러가는 것처럼, 의대 시계도 마찬가지지만.

아무튼, 수술방에서 세컨드, 써드가 해야 할 일은 거의 없다.

메스를 잡은 집도의와 보통 4년 차 내지는 펠로우가 서는 퍼스트 어시스트만 있으면 크게 문제가 없었다.

따라서 수술방에 들어간 1, 2년 차 전공의들은 잔심부름 정도만 해도 충분했다.

다만, 하루에 2~3시간 자고 버티다 보면 시도 때도 없이 졸리기 마련.

오알 노트(OR note, 수술 기록)를 하던 2년 차 하나가 깜빡 졸고 말았다.

그 와중에 수술대를 향해 머리를 치밀며 앞으로 나가려는 여자 하나가 있었다.

교수님의 한 컷이라도 눈에 담기 위해 눈에 쌍심지를 켜고 달려드는 그녀가 바로 한은정이었다.

"한은정 선생, 네가 보면 뭘 아나?"

"모르니까 보는 거죠. 알면 내가 뭐 하러 구멍 나서 시뻘건 피 줄줄 새는 걸 보겠어요?"

몇 시간 후.

"후우, 구멍 잘 메웠고, 조직이 하도 약해서 힘들었는데, 승모판막도 예쁘게 잘 성형됐다. 다들 수고했어!"

능숙한 솜씨로 수술을 마친 고함 교수가 환환 얼굴로 안도의 한숨을 내쉬었다.

"네, 수고하셨습니다, 교수님!"

"한동민 선생, 그 자리에서 이곳까지 올라오는 데 얼마나 걸리는 줄 알아?"

좀 전에 쫓겨났던 한동민을 다시 불러들인 고함 교수가 퍼스트 자리를 가리켰다.

"3년 정도 걸리는 걸로 알고 있습니다."

"그래, 맞아. 단, 2미터를 전진하기 위해 3년이라는 시간이 걸리는 곳이 바로 여기야. 그만큼 메스를 잡는 일은 쉬운 게 아니지. 하지만 자네 같은 태도라면 30년이 걸려도 안 돼! 내 말이 무슨 뜻인지 알겠나?"

"네에, 알겠습니다."

"다들 각성합시다. 각성해."

"네! 교수님!"

"자 자! 그건 그렇고, 오늘 우리 병아리들 신고식 날이지?"

고함 교수가 분위기를 바꾸려는 듯, 목소리 톤을 높였다.

"네, 맞습니다, 교수님."

"다들 이따가 그곳에서 모이자고."

"네."

"그래, 간만에 소주로 내장 소독 좀 해 보자. 병아리들, 한 명도 빠지지 말고 참석하도록!"

"네, 그렇게 하겠습니다."

"좋아, 마무리는 천 선생이 해 줘."

"네, 교수님!"

수술을 끝마친 후, 언제나 그랬듯이 고함 교수가 전공의들을 데리고 청수옥으로 향했다.

새로 들어온 한은정의 환영 파티를 가장한 지옥의 통과의
례였다.

"이모, 여기 선지 해장국 대가리 수대로 주시고. 그리고 내
장 모둠 몇 접시하고……. 맥주 글라스하고 술 좀 주세요."

"그려, 쪼매만 기둘려. 가져다줄랑께."

워낙 자주 찾는 곳이다 보니, 이심전심이었다.

"후후후, 오늘 완전 기절하겠지. 맥주 글라스의 재발견을
하게 될 거야."

천기수가 입맛을 다셨다.

"윤찬아, 이건 너무 심한 것 아니냐? 저 여린 한은정 선생
한테?"

이택진이 내 옆구리를 찔렀다.

"글쎄다. 네가 걱정하지 않아도 될 것 같은데?"

"인마, 저 얼굴 좀 봐. 술이라고는 입에도 못 댈 것 같잖
아? 어떡하지? 내가 흑기사라도 해야 하는 것 아냐?"

과연 그럴까?

얼마 지나지 않아 주인 할머니가 내온 음식과 술.

보기만 해도 속이 울렁거리는 생간.

접시 위에 살포시 올려진 덩어리가 흐느적거렸다.

거기다 박스로 내놓은 술. 경악스럽게도 맥주가 아닌 소주
였다.

우욱!

벌써부터, 이택진이 헛구역질을 시전했다.

몇 시간째 시뻘건 내장만 봐 왔으니 빨간색만 봐도 속이 울렁거렸으리라.

"야, 괜찮아? 이거 푸딩처럼 이렇게 떠먹으면 얼마나 맛나는데? 아까, 수술실에서 본 거랑 똑같지?"

천기수가 호기를 부린다.

우욱, 우욱!

반복되는 구역질.

더 이상 참을 수 없었는지, 이택진이 손으로 입을 막고는 밖으로 튀어 나갔다.

"저건 하여간. 저래 가지고 앞으로 어이 버틸꼬."

홍순진이 한심하다는 듯 혀를 내둘렀다.

이젠 오늘의 주인공 차례. 모두의 시선이 한은정에게로 모이는 순간이었다.

"이 맛있는 걸 두고 왜 저러지?"

한은정이 숟가락을 푹 찍어 깊숙이 퍼 올렸다. 그러더니 눈 하나 깜박거리지 않고 숟가락을 입속에 집어넣었다.

오물거리는 그녀의 입술.

모두의 시선은 닭똥집 같은 한은정의 입술에 고정되어 있었다.

만용이겠지.

그래, 맞아! 곧 있으면 뱉겠지.

다들 그럴 거라 생각했다.

하지만 모두의 예상을 보기 좋게 비웃듯, 한 숟가락을 더 찔러 넣더니, 크게 한 삽 떠 입속에 욱여넣었다.

"고소하네. 이모님, 여기 천엽도 좀 있으면 주시죠? 기름장도 같이요."

"뭐, 뭐야, 쟤?"

천기수의 눈동자가 부풀어 올랐다.

사람은 겉모습만 보고 판단하지 말라 했지?

"한은정 선생, 보기와는 다르게 파이팅이 좋은데?"

고함 교수가 신기한 듯 물었다.

"네, 교수님. 뭐, 네 발 달린 건 책상, 날개 달린 건 비행기 빼곤 다 먹을 줄 압니다."

"그래? 그럼 술도 좀 마실 줄 아나?"

다들 '설마?' 하는 눈치다.

"네, 조금 마십니다."

"주량이 얼마나 되는데?"

소주 한두 병, 기껏해야 소주 서너 병이라고 말하길 기대했다면, 오산이다.

"두 개 정도 먹습니다."

한은정은 손가락 두 개를 펼쳐 보였다.

"그래? 소주 두 병이면 나름 수준급인데?"

"아니, 저거로요."

얼굴색 하나 변하지 않은 채, 앞에 놓인 커다란 주전자를 가리키는 한은정.

적어도 소주 예닐곱 병은 담을 만한 크기의 주전자였다.

"뭐, 뭐라고?"

풉.

고함 교수가 마시던 술을 뿜어 버렸다.

고주망태 할아버지

"너, 너 지금 뭐라고 했어? 설마 저 주전자를 말하는 거야?"

"네, 교수님. 여기 주전자 말고 또 뭐가 있나요?"

한은정이 태연하게 주전자를 가리켰다.

"이봐, 한 선생, 기죽지 않으려고 괜히 오버하는 것 같은데, 그러지 않아도 돼. 흉부외과 군기 없어진 지 오래니까."

천기수가 가소롭다는 듯이 고개를 내저었다.

"그래, 지금 시대가 어느 땐데 술 군기를 잡나? 그런 거 없으니까, 그냥 편하게 마시자고. 다들, 시원하게 소맥 한 잔씩 하지?"

고함 교수가 잔을 들어 올렸다.

"네, 교수님. 제가 제대로 말아 보겠습니다."

천기수가 테이블 앞에 맥주잔을 일렬로 세워 놓았다.

"선생님, 잠깐만요. 제가 제조해도 되겠습니까?"

한은정이 천기수가 들려던 맥주병을 잡았다.

"그래? 좋아, 얼마나 잘 마시는지 볼까? 이게 원래 황금 비율이 있는데, 소주잔 두 개를 겹친 다음 겹치는 선까지 소주를 따르면⋯⋯."

그 순간, 한은정이 소주 뚜껑을 비틀어 땄다.

탁탁, 검지와 중지 사이에 소주병을 끼우더니 소주를 살짝 털어 냈다.

그리고 거의 맥주잔의 4/5 정도까지 차도록 소주를 붓더니, 그 위에 휘핑크림을 얹어 놓듯, 맥주를 살짝 걸쳤다.

환상적인 소맥 제조 기술이었다.

"지, 지금 뭐 하는 거지? 그러지 마, 무섭게."

당황한 표정의 천기수의 눈동자가 부풀어 올랐다.

"아, 전 싱거워서 그렇게는 못 마시고, 명색이 이름이 소맥인데, 이 정도 비율은 돼야 마실 만하더라고요."

크읍.

한은정이 그중 하나를 들어 단숨에 삼켜 넘기더니 깨끗이 비운 잔을 머리 위에 올려놓고 흔들어 댔다.

"다들 안 마시나요?"

한은정이 제조한 소맥을 배분했다.

"그, 그래, 다들 마시자고. 막내가 제조한 건데, 다들 잔 들어. 건배하게."

고함 교수가 엉겁결에 잔을 들어 올렸다.

"아, 네, 교수님!"

"열혈 흉부외과의 무궁한 영광을 위하여!"

"위하여!"

"윤찬아, 저, 저 여자 왜 그래? 무서워지려고 해."

"나름 매력 있는데?"

"이, 이게 어떻게 된 일이냐, 이슬만 먹게 생겨 가지고?"

이택진이 고개를 절레절레 흔들었다.

"지금 이슬 먹잖아?"

"그 이슬이 이 이슬이야?"

그때부터 시작된 한은정의 각개격파.

최배달이 도장 깨기 하듯 한은정이 우리를 차례차례 쓰러뜨렸다.

"항복! 한은정 선생, 나는 더 이상 못 마시겠다!"

제일 먼저, 고함 교수가 백기를 들었다.

"천 선생님, 한 잔 더 하셔야죠. 맥주? 소주?"

다음은 천기수 차례. 그는 이미 전의를 상실한 적장에 불과했다.

"나도, 항복!"

우우욱.

천기수가 두꺼비처럼 양 볼을 부풀리더니 더 이상 참을 수 없었는지, 입에 담고 있던 술을 뿜어 버리고 말았다.

일찌감치 넉다운이 돼 버린 다른 수련의들이 혼수상태가 된 채로 방바닥에 널브러져 있었다.

"나, 나도 항복! 한 선생, 더 이상은 나도 안 되겠어."

한동안, 흉부외과 1위 자리를 고수했던 홍순진 선배마저도 백기를 들고 투항하고 말았다.

이젠 거의 전멸 상태.

이제 남은 병사는 나뿐이었다.

후후, 그래도 자존심은 지켜야지.

그녀는 내 상대가 되지 못했다. 술에 관한 한 그녀가 최배달이라면 나는 최소한 60억분의 1, 효도르 정도는 됐으니까.

"김윤찬 선생도 한 잔 더 하시죠?"

피 튀기는 혈전 속에 조금은 지쳤는지 혀가 반쯤은 돌아가 있었다.

"좋죠!"

"오호, 정말입니까? 이제야 제대로 된 상대를 만난 것 같군요."

한은정이 호기를 부렸다.

하지만 이미 초점을 잃어버린 눈동자를 볼 때, 그녀는 내 적수가 되지 못했다.

"내일 아침 일찍 출근해야 하는데, 우리 길게 갈 것 없이 승부를 보죠."

"좋습니다, 어떻게 결판을 보실래요? 소맥? 아니면 양주?"

한은정이 중심을 잡아 보려 애를 썼지만 이미 몸은 좌우로 비틀거렸다.

"됐고, 그냥 소주로 승부를 봅시다. 이모님, 여기 대접 두 개만 주세요."

"아이고, 오늘 무리하는 것 아녀?"

주인아주머니가 커다란 대접을 들고 나왔다.

"그러게요. 김윤찬 선생이 오늘 무모한 도전을 하시네요. 딸꾹!"

한은정이 풀린 눈으로 대접을 받아 들었다.

"뭐시여? 윤찬 총각 말고 처자한테 말하는 겨."

"네? 딸꾹."

"나가 이짝에서 40년째 해장국집을 하고 있지만, 윤찬 총각 같은 청년은 보다, 보다 첨 보는구먼."

"왜요?"

"말도 마. 저짝은 말이여, 소주 세 짝은 못 지고 가도 창사구에다 집어 쳐 넣고는 갈겨. 저 미친 인간은 소주에다 밥까지 말아 먹는 인간이여. 워메, 저게 인간이여, 술 구신이제?"

흐음흐음.

그 소리에 점점 부풀어 오르는 그녀의 볼.

황급히 손으로 터질 것 같은 입을 막아 봤지만, 역부족이었다.

우욱, 쏴아!

그녀가 시원하게 뿜어 버렸다.

이걸로 게임은 끝이었다.

다음 날 아침, 의국.

"벌써 나왔어요?"

일찍 출근해 중환자실에 다녀오니, 한은정이 차트를 정리하고 있었다. 얼굴은 푸석푸석했지만 머리를 질끈 동여맨 모습이 나름 다부져 보였다.

대단하긴 하네.

"벌써 출근하셨어요?"

"네. 몸은 좀 괜찮아요? 많이 드시던데."

"아, 네. 제가 어제 실수하지 않았나요?"

"글쎄요. 필름이 끊겨서 기억이 안 나네요. 무슨 일 있었나요?"

"아, 아무것도 아니에요."

휴우, 한은정이 안도의 한숨을 내쉬었다.

"그나저나, 무슨 술을 그렇게 잘 마셔요?"

"어쩌다 보니……. 그건 그렇고 시간 되시면 커피라도 드실래요?"

한은정이 흘러내린 귀밑머리를 넘기며 환한 미소를 지었다.

"커피도 좋지만 아직 해장 전이면 선지 해장국 한 그릇 할까요?"

"아우, 야!"

한은정이 질색하며 손을 내저었다.

"농담이에요. 가요, 내가 살게요."

"아뇨, 제가 살게요. 지은 죄도 있고."

"죄라뇨?"

"나중에, 아주 나중에 좀 친해지면 말씀드릴게요."

한은정이 피식거리며 자리에서 일어났다.

잠시 후, 흉부외과 의국.

"야, 김윤찬! 너 김정호 할아버지 어떻게 구워삶았냐?"

"왜?"

"그 할아버지 개과천선하셨더라고. 내 말은 죽어도 안 들으시더니, 왜 윤찬이 너한테는 고분고분하신 거야? 술도 끊고, 이젠 수술받을 수 있겠는데?"

이택진이 의아한 표정을 지었다.

"환자를 진심으로 대해 봐. 그러면, 다 이렇게 되는 거다."

"싫다! 아무리 다 같은 환자라지만 나도 사람인지라 그 할아버지만큼은 학을 뗐어. 아무튼, 잘됐네. 네가 그 할아버지 전담 마크 해라."

"그렇지 않아도 그러려고 했다."

개구쟁이 어린애처럼 온갖 장난을 치며 힘들게 한 김정호 할아버지.

다른 환자들이나 간호사 선생, 의사들에겐 못되게 굴어도 유독 내게만은 친절했고, 내 말은 고분고분 잘 따랐다.

미운 정도 정이라고 나 역시, 왠지 슬퍼 보이는 할아버지가 싫지 않았고, 어느새 우리 둘은 조금씩 친해졌다.

"할머니는 돌아가셨다고 하셨고 할아버지 자제분들은 안 계세요?"

난 시간 날 때마다 할아버지를 찾아가 말동무를 해 드렸다.

"가족 없는 사람이 어디 있간디? 아들 한 놈이 있는디, 이미 의절하고 산 지 오래여."

"아."

"왜 의절했는지 궁금하제?"

"아니, 뭐. 딱히 궁금하다기보다는."

"뭐, 말 못 할 것도 없어. 나가 한때는 참말로 성실했제."

"네에?"

"왜? 못 믿겠어?"

"아, 아니에요."

"당연히 이 몰골을 보면 다들 거짓부렁이라고 하겠지. 하지만, 참말이여."

"네, 믿어요."

"고맙구먼. 정말 열심히 살았제. 한눈 안 팔고 뼈 빠지게 일해서 아들놈, 대학 보내고 장개보냈는데."

하늘을 올려다보는 할아버지의 축 늘어진 눈두덩이가 붉게 물들어 있었다.

"그러셨군요."

"그러다, 고향 후배를 만나서 인생을 조져 부렸제. 주식에 손을 대고 말았지 뭐야. 그게 지금도 천추의 한이여."

"어쩌다가."

"몰러. 그때는 구신이 쓰였는지 암것도 안 보이더라고. 1억만 투자하면 순식간에 서너 배는 늘릴 수 있다는 말에 그만."

"……."

"작전주인가 뭔가, 그 말에 속아 퇴직금 다 날리고 집까지 날아가게 생기니까, 아들놈이 마누라랑 나를 강제로 이혼을 시키더군."

"할아버지, 그런 거 운운하는 사람들, 그거 다 사기꾼들이에요. 왜 그러셨어요?"

"그러게 말이여. 그때는 나가 눈이 헤까닥 돌아 가지고 보이는 것이 없었어."

김정호 할아버지가 힘없이 고개를 떨궜다.

"그래서 이혼하신 겁니까?"

"그려, 그것 때문에 마누라쟁이는 화병을 얻어 먼저 이승을 뜬겨."

"아드님은요?"

"그 이후에 여기 정리해서 호주로 이민 가 부렀제. 연락 안하고 지낸 지 거의 10년이 다 돼 가."

"병원에 입원하신 것도 모르시겠네요?"

"암만, 이역만리 호주, 어디 사는 줄도 몰라. 연락처도 없응께."

"……."

할 말이 없었다.

"내 팔자가 참말로 기구하제? 다, 내 업보여, 업보. 아들 놈 탓할 수도 없구먼. 자업자득잉께."

쿨럭쿨럭.

김정호 할아버지가 끓어오르는 가래를 참지 못하고 짙은 기침을 토해 냈다.

"들어가시죠. 아직 바람이 차요."

"그려. 그나저나, 나가 왜 윤찬 선생을 좋아하는지 아남?"

"왜요? 제가 잘생겨서요?"

"암암, 참말로 잘생겼제, 우리 손주 맹키로."

"아."

"아들놈은 한 개도 보고 싶지 않은디, 우리 손주 놈은 가끔 보고 싶당께. 갸가 윤찬 선생이랑 빼닮았제. 큰 키에 부리부리한 눈이. 장개는 갔는지 모르겠어."

앙상하게 남은 광대가 더욱더 도드라져 보였다.

"건강 회복하시고 보시면 되죠."

"그럴 수 있을까?"

"그럼요. 지금처럼만 하시면 수술도 잘되실 겁니다."

"허허허, 예쁜 놈이 예쁜 소리만 하는 겨? 나가 재산이라도 있으면 자네한테 물려주고 싶지만, 가진 건 빚밖에 없네그려."

"혹시 알아요, 할아버님 모르는 금싸라기 땅이라도 어디 묵혀 있을지? 가끔, 신문에 그런 기사 나오잖아요."

"씨알도 안 먹히는 소리. 대한민국에 내 명의로 된 손바닥만 한 땅도 없는 겨."

"농담이에요. 들어가시죠."

"그랴, 들어감세."

♥

그리고 며칠 후.

"이게 어떻게 된 겁니까?"

진찰을 위해 병실을 찾아가니 김정호 할아버지 자리가 난장판이었다.

"……."

할아버지가 힘없이 늘어져 있었다.

"의사 선생, 난리도 그런 난리가 없었어요. 내가 무서워서 죽는 줄 알았다니까요."

옆자리 또 다른 환자가 얼굴이 새파랗게 질려 내게 다가왔다.

"무슨 일인데요?"

"말도 마, 우락부락한 놈들이 쳐들어와 저 난리를 피웠어. 돈 내놓으라고."

"네?"

"나도 몰라. 내 돈 갚기 전에는 죽지도 못한다고 지금이라도 배를 갈라 버린다나 어쩐다나. 아주, 난리도 그런 난리가 없었다니까? 무서워 죽는 줄 알았어."

어이없는 상황. 사채업자가 찾아와 채권 추심을 한 모양이었다.

"아, 네. 알았습니다."

"할아버지, 괜찮으세요?"

나는 바닥에 쓰러진 김정호 할아버지를 일으켜 세웠다.

"괜찮아. 하루 이틀도 아닌데, 뭐. 저놈들, 내가 죽어도 저

승까지 따라올 놈들이여."

"경찰에 신고해야겠어요."

"놔둬. 김 선상이 신경 쓸 거 한 개도 없는 겨. 그나저나, 김 선상 시간 있으면 나 좀 잠시 볼 수 있는감?"

"아, 네. 따뜻한 차라도 한잔하시는 게 좋겠습니다. 가시죠."

"그려, 나 좀 휴게실에 데려다줘."

"네, 알겠습니다."

잠시 후, 휴게실에 올라온 김정호 할아버지가 주머니에서 주섬주섬 뭔가를 꺼냈다.

"자, 이거 받아."

"이게 뭡니까?"

"내 주식 계좌여. 아이 어쩌고저쩌고하고 비밀번호 적어둔 거야. IMF 때 액면 분할인가 뭔가 당해서 휴지 조각이 되어버렸지. 그 이후로 주식판은 쳐다보지도 않았어."

"근데, 이걸 왜?"

"난 무식쟁이라서 어떻게 찾을지도 모르니까, 몇 푼이라도 찾을 수 있으면 김 선생이 찾아 써."

"아니에요. 할아버지 주식을 제가 왜요?"

"얼마 안 돼. 그냥, 내 성의니깐 받아 둬, 군소리 말고. 알았지? 혹시나 그 몹쓸 놈들이 알아차리면 이것도 다 뺏어갈겨."

"아, 네. 제가 한번 알아보겠습니다. 현금화할 수 있으면 해서 드릴게요."

"됐어! 진짜 얼마 안 될 거야. 그냥 동료 의사들이랑 술 한 잔 사 묵어. 그 정도밖에 안 될 겨."

"네, 아무튼 제가 알아볼게요."

♥

흉부외과 당직실.

이, 이게 어떻게 된 일이야? 50억?

할아버지의 주식 계좌를 확인해 보니 액면 분할 됐다는 주식은 몇 년 사이에 총액이 50억에 가까운 주식이 되어 있었다.

"야, 너 뭐 해? 왜 반찬 집어 먹은 강아지처럼 서성거려."

너무 가슴이 두근거려 이택진이 들어온 줄도 몰랐다.

"아, 아무것도 아니야."

"어라? 이거 주식 사이트 아냐?"

아차, 깜빡하고 사이트를 그냥 그대로 놔뒀다.

"아무것도 아니라니까!"

난 황급히 노트북 전원 버튼을 꺼 버렸다.

"아 놔. 야! 지금이 주식 할 때냐? 지금, 상투 잡아서 뭐 하려고, 이 모질아!"

"아, 지금 주식 하면 안 되나?"

다행히 녀석이 눈치채진 못한 듯했다.

악덕 사채업자들이 들락거리는 마당에 괜히 입 싼 녀석이 알면 좋을 게 아무것도 없었다.

"당연하지, 인마! 너, 그러다가 쪽박 찬다. 그럴 돈 있으면 적금이나 들어, 인마."

"알았어, 그럴게."

"인마, 형님 말을 들으면 자다가도 떡이 떨어지는 법이야. 그나저나 김정호 할아버지, 수술 일정 나왔어. 알려 드려야 할 것 같은데?"

"그래? 언젠데?"

"뭐, 컨디션이 나쁘지 않아서 바로 수술하실 생각이신가 봐. 내일모레야. 내가 통보할까, 네가 할래?"

"내가 할게. 어차피 할아버지도 봐야 하거든."

"그래라, 그러면. 그나저나 너도 참 취향 독특하다? 뭐 하나 나올 거 하나 없는 그 할아버지가 뭐가 좋다고 그렇게 지극정성이냐, 정성이길?"

이 녀석아, 그렇게 한심하다고 생각하시는 분이 50억을 보유한 자산가야.

"의사가 환자한테 신경 쓰는 게 뭐가 이상해? 아무튼, 나 김 할아버지한테 가 본다?"

"그래, 알았다. 어서 가 봐라."

그날 밤, 나는 사람들이 없는 틈을 타, 김정호 할아버지와 함께 하늘정원에 올라왔다.

"할아버지, 수술 날짜가 잡혔어요."

"그래, 드디어 하긴 하는구먼."

"네, 할아버지가 제 말을 잘 들어주셔서 수술이 가능하게 됐어요. 간 수치도 많이 떨어졌어요. 혈당 수치도 나쁘지 않고요."

"고마워, 이게 다 윤찬 선생 덕택이여. 이 은혜는 평생 잊지 못할 겨. 그나저나, 아까 내가 준 건 확인해 봤는감?"

"아, 그거요?"

"그래."

"그게……. 할아버지, 아무래도 그걸로 밥은 못 먹을 거 같은데요?"

"아이고, 내가 그럴 줄 알았구먼. 미안해서 어쩌? 돈 몇만 원도 안 되는 감?"

"할아버지, 그게 아니고요. 그 돈으로 만 원짜리 설렁탕을 사 먹으려면 30만 그릇을 먹어야 했어요. 때려 죽어도 다 못 먹어요, 살아생전엔."

"뭐라고? 그게 무슨 귀신 씻나락 까먹는 소리여? 설렁탕 30만 그릇이라니?"

당연히 지금의 상황을 이해할 수 없는 김정호 할아버지였다.

"저도 믿기지가 않네요. 할아버지, 정신 줄 단단히 잡으시고 들으세요. 할아버지 주식 계좌에 든 돈이 자그마치 50억입니다."

아무도 없는 곳이지만 나도 모르게 주위를 살피며 나지막한 소리로 속삭였다.

뗙!

할아버지가 갑자기 역정을 내셨다.

"왜요?"

"지금 노인네 놀리는 겨? 지금 그 말을 나보고 믿으라는 겨? 50억? 그게 말이나 되는 소린감? 아무리 부앙부앙해도 유분수지. 어른을 그렇게 놀리면 못 쓰는 겨."

나도 여전히 믿기 힘든데, 할아버지인들 오죽하랴.

"할아버지, 진짜예요. 지금부터 제가 설명해 드릴 테니, 잘 들으세요. 당시 액면 분할을 한 게 아니라……."

후우.

할아버지는 내 설명을 다 듣고선 길게 한숨을 내쉬었다.

"왜요? 이 기쁜 날에."

"참말로, 세상 얄궂네."

여전히 실감이 나지 않는 듯, 멍한 표정의 할아버지였다.

"믿기 힘드시겠지만, 믿으셔야 해요. 이게 현실이니까요."

"헛웃음만 나는구먼. 5천만 원도 아니고 5억도 아니고, 50억? 그게 어디다 쓰는 돈인감? 그런 돈이 시상에 있기는 한 겨?"

"현실이에요. 이젠 받아들이시고 맘껏 기뻐하셔도 돼요."

"담배 한 대 있는감?"

"아뇨. 그리고 할아버진 담배 피우시면 안 돼요."

"알았네."

할아버지가 마른 입술에 침을 둘렀다.

"참말로 야속타. 돈 몇천만 원이 없어서 마누라쟁이 화병으로 죽게 만들고, 아들놈의 새끼, 이역만리로 줄행랑치게 만들어 놓고, 죽을 때 다 되니까 이제 와서 50억이라니. 참 인생 얄궂구먼!"

의외의 반응이었다. 횡재를 했다는 기쁨보다 지난날의 아쉬움이 더 커 보였다.

"할아버지, 이 돈을 어떻게 할까요?"

잠깐의 침묵을 깨고 내가 물었다.

"뭘 어째? 그 돈 네 거야, 내가 줬잖아."

"네? 그게 무슨 말씀이세요?"

"사내새끼가 한 입으로 두말하면 못 써. 몇천만 원이면 몰라도 50억이 말이여, 방구여? 얼매 안 있으면 썩어 문드러질 몸인데, 50억 아니라 5백억이라도 한 개도 쓸모없어."

전혀 예상치 못한 반응이었다. 50억이란 돈의 무게를 감당하기 힘든 할아버지였다.

"아니, 수소문해서 자제분에게라도 연락을 해 볼……."

"연락하지 마. 그랬다가는 그 돈 죄다 내다 버릴 겨. 나가 그 돈 가지고 있는 거 알면, 그놈 눈 돌아갈 겨. 아마, 지 애비 죽여서라도 상속받으려고 할 놈이여, 그놈이!"

아들과의 감정의 골이 깊어 보였다.

"알겠습니다. 그러면 일단, 이쪽 분야의 최고 변호사를 선임해서 법적인 문제없이 처리하고 할아버지 부채부터 정리를 해 두겠습니다. 그런 다음에 다시 생각해 보시는 게 좋을 것 같아요. 그때까진 제가 보관해 두겠습니다."

"그거 좋은 생각이구먼. 나야 그 방면엔 일자 무식쟁이 아녀. 젊은 윤찬 선생이 알아서 햐. 어차피 이 돈은 자네가 주인이여."

"그런 말 마세요. 저도 감당 안 되는 돈이에요."

"그려. 아무튼, 그 사채꾼들 눈에 안 보이게 해 주는 것만 해도 감지덕지지. 고맙구먼, 윤찬 선생."

"네, 제가 잘 처리해 둘 테니, 할아버님은 건강부터 회복하세요. 돈은 그다음에 다시 생각하시고요."

"그려. 나 좀 쉬어야겠네. 먼저 일어남세."

"네, 할아버지."

"아이고, 삭신이야. 여보, 마누라, 나 횡재했네? 50억이란다, 50억!"

하루아침에 벼락부자가 된 사람의 표정치곤 한없이 슬퍼
보였다.

♥

그리고 이튿날 새벽, 당직실.
새벽 3시. 시끄럽게 울려 대는 전화벨 소리.
이 시간대 울리는 건 뻔하다.
응급 환자가 틀림없었다.
"김 간호사님, 무슨 일이에요?"
─김윤찬 선생님, 큰일 났어요. 빨리 708호 병실로 올라오
세요!
다급한 김 간호사의 목소리가 흘러나왔다.
"무슨 일인데, 그래요?"
─김정호 할아버지가 심상치 않아요! 빨리 오세요.
"네? 알았어요. 바로 올라갈게요!"
50억이란 돈의 무게를 감당하기 힘들었을까?
서둘러 병실로 올라가니 할아버지가 상태는 예상보다 더
심각해 보였다.
축 늘어져 있었고 간호사들이 당황해 어쩔 줄 몰라 했다.
"윤찬 쌤, 무슨 일이에요?"
한은정 선생도 연락을 받은 모양이었다.

"저도 아직은 모르겠어요. 환자 어떻게 된 겁니까?"

황급히 담당 간호사에게 물었다.

"저, 저도 잘 모르겠어요. 주무실 때까진 멀쩡하셨는데, 갑자기 환자가 의식을 잃고 바닥에 쓰러져 있었어요."

"갑자기요?"

"네, 수액 갈아 주러 왔는데, 갑자기 자가 호흡이 없어져서 일단 산소마스크 걸어 놨어요."

"네, 잘하셨어요."

할아버지는 완전히 자가 호흡이 소실된 채, 산소마스크에 의지해 간신히 목숨 줄을 붙들고 계셨다.

딸깍.

펜 라이트를 꺼내 동공반사를 확인해 봤지만, 아무런 반응이 없다!

동공의 크기는 왼쪽 대략 6미리, 오른쪽 4미리.

동공이 확장돼 있었다.

"한은정 선생님, 환자 혈압하고 산소 포화도는요?"

"낮아요. 윤찬 쌤, 엄청 낮아요. 혈압은 60/30mmHg에 산소 포화도는 51%예요. 최악이에요. 이대로 두면 어레스트예요!"

한은정 선생의 다급한 목소리였다.

"뭐라고요? 51%라고요?"

말도 안 돼!

정상 수치를 100%로 잡았을 때, 90% 이하로 떨어지면 저산소증을, 80% 이하로 떨어지면 심각한 상황을 의미했다.

　　하지만 할아버지의 수치는 51%.

　　몇 시간, 아니 몇 분만 이 상태가 유지된다면 치명적인 뇌 손상을 초래할 만큼, 위급한 상황이었다.

　　"네! 어떡해요?"

　　한은정의 목소리가 마구 떨렸다.

　　"뭘 어떡합니까? 산소 농도 최대로 높여 줘요."

　　"얼마나요?"

　　"분당 15리터요. 빨리요! 올라가지 않으면 최대로 높여 줘요."

　　"네, 알겠어요."

　　한은정이 서둘러 산소 분압을 올렸다.

　　"산소 분압 올렸나요?"

　　"네."

　　"포화도는요?"

　　"네, 조금씩요!"

　　"됐어. 타미눌(자율신경용제) 투여해 주세요."

　　"네, 바로 투여할게요."

　　됐어! 효과가 있다!

　　으으.

　　자율신경용제를 투여하자 할아버지가 옅은 신음을 토해

냈다.

동공반사를 확인해 보니 미세하게나마 동공이 반응을 보였다.

"은정 쌤, 빨리 도부타민(강심제)하고 에피네프린(승압제) 좀 주세요. 그리고 환자 산증이 심하니까, 중탄산염 나트륨도요."

"네."

할아버지, 제발 생명 줄 단단히 붙들고 계셔야 해요. 이제 여봐란듯이 사셔야 하잖아요.

할아버지가 그토록 그리워하시던 손주도 만나셔야 할 것 아닙니까?

병마와 사투를 벌이고 있는 김정호 할아버지.

핏기 하나 없는 얼굴. 아슬아슬하게 생명 줄을 붙들고 계셨다.

3분 간격으로 0.2밀리리터씩 세 번.

할아버지, 조금만 버텨 봐요.

혈압만 잡고, 고함 교수님이 오신다면 충분히 승산이 있었다.

제발!

뚜뚜, 뚜뚜.

그 순간, 요동치는 EKG 모니터. 잠시 살아날 것 같았던 할아버지의 혈압이 또다시 곤두박질치기 시작했다.

"윤찬 쌤! 환자 혈압이 곤두박질치는데요? 어, 어떡하죠?

브이텍(심실빈맥) 온 거 같은데?"

모니터를 지켜보던 한은정이 새파랗게 질린 얼굴로 소리쳤다.

브이텍(ventricular tachycardia, 심실빈맥).

심박동 수가 너무 빨라서 혈액이 심실을 채울 시간이 부족해 발생한 일종의 부정맥. 초응급한 상황으로, 유일한 방법은 제세동기에 의한 전기 충격뿐이었다.

"은정 쌤, 제세동기! 제세동기 빨리요. 그리고 교수님도 호출해 주세요!"

잠시 품었던 희망. 하지만 그저 희망일 뿐이었다. 이제 남은 건 이것뿐이었다.

"네, 그럴게요."

쾅!

한은정이 제세동기를 밀고 들어왔다.

"교수님은요? 교수님은 오고 계시나요?"

"네, 출발하셔서 지금 오고 계시는 중이에요. 30분 정도 걸린다고 하시는 것 같은데……."

"그러면 너무 늦는데."

"교수님이 빨리 전화 달래요. 윤찬 쌤한테 전화드렸는데, 안 받으신다고."

젠장, 정신없이 오느라 핸드폰을 두고 온 모양이었다.

"은정 쌤, 전화 좀 빌려줘요."

"네, 여기 있어요."

"교수님, 접니다."

난 바로 고함 교수에게 전화를 걸었다.

─김 선생, 나야.

"네, 교수님."

─환자 상태는 어때?

"최악입니다. 혈압이 떨어져서 도부타민하고 에피네프린 투여했는데, 지금은 의식이 다시 소실된 상황입니다."

─그래, 알았다. 최대한 빨리 갈 테니까, 일단, 숨만 붙어 있게 만들어 놔. 내가 가서 어떡하든 살려 볼 테니까. 30분, 30분만 버텨 봐.

"네, 최선을 다해 보겠습니다."

"은정 쌤, 빨리 제세동기 걸어요."

"네."

한은정이 신속하게 제세동기를 설치했다.

촤악, 할아버지의 가슴을 풀어 헤친 후, 제세동기에 젤을 발라 양손에 꽉 쥐었다.

"200줄 차지!"

"200줄 차지!"

"샷!"

"샷!"

하나, 둘, 하나, 둘!

그리고 이어진, 흉부 압박. 하지만 반응이 없었다.

"김 간호사님, 혈압은요?"

"반응 없습니다."

모니터를 지켜보던 김 간호사가 심각한 표정으로 고개를 가로저었다.

"은정 쌤, 300줄 갑시다. 300줄 차지."

"300줄 차지."

"샷!"

"샷!"

제발, 제발 뛰어라. 제발!

베드 위로 올라가 흉부를 압박해 봤지만 혈압은 잡히지 않았다. 등줄기를 타고 굵은 땀이 흘러내렸다.

"혈압 잡혔습니까?"

"아뇨, 안 잡혀요."

최악의 상황. 이제 남은 건 한 번뿐, 최후의 선택을 해야 할 시간이었다.

"후우, 은정 쌤, 어쩔 수 없겠어요. 350줄 차지!"

"그건 너무 위험한데요? 할아버지가 견디지 못할지도 몰라요!"

"지금은 선택의 여지가 없어요, 이것밖에는. 내 말대로 합시다."

"그래도……."

"빨리요!"

"네, 알았어요. 350줄 차지!"

제발, 제발 심장아, 살아나라.

"샷!"

"샷!"

덜컹, 제세동기를 갖다 대자 할아버지 몸이 출렁거렸다.

그리고 다시 반복된 흉부 압박.

후우, 후우.

온 힘을 다한 흉부 압박, 관자놀이를 타고 굵은 땀방울이 장대비를 맞은 듯 쏟아져 내렸다.

제발!

난, 반사적으로 고개를 돌려 모니터를 응시했다.

제발!

한은정도 양손을 모은 채, 마른침을 삼켜 넘겼다.

할아버지, 힘내요!

흔들리는 시선들이 일시에 한곳에 멈추는 순간, 병실은 고요했다.

드디어 움직이는 모니터 그래프. 수평에 가깝던 선이 출렁거리기 시작했다.

"김 선생님, 기적이에요! 혈압 상승합니다!"

후우, 후우.

난 흥건하게 젖은 가운을 벗어 던지고 베드 위로 올라갔다.

그리고 다시 시작된 흉부 압박.

온 힘을 다해, 할아버지의 흉부를 압박했다.

"선생님, 올라가요. 혈압이 올라갑니다! 조금만 더!"

얼굴이 벌겋게 달아오른 김 간호사가 소리쳤다.

제발! 제발 뛰어라, 가슴아!

"선생님, 잡혔어요! 잡혔어!"

3초와도 같았던 3분. 마침내 기적이 일어나는 순간이었다.

"환자 어떻게 된 거야!!"

쾅.

그때서야 고함 교수와 의료진이 헐레벌떡 뛰어 들어왔다.

"교수님, 김윤찬 선생님이 살려 냈어요!"

한은정이 고함 교수에게 득달같이 달려갔다.

"정말이야?"

고함 교수가 달려와 EKG 모니터를 살펴보았다.

"네네, 혈압 돌아왔습니다. 호흡도 터졌고요!"

여전히 흥분이 가시지 않은 듯 한은정의 목소리가 갈라져 나왔다.

"좋아! 이젠 해 볼 만하겠어. 당장, 수술방으로 옮겨."

"네, 교수님."

그 말에 의료진이 황급히 스트레처 카를 끌고 안으로 들어왔다.

"빨리 서둘러! 지금부터는 시간 싸움이야."

"네, 교수님!"

의료진이 할아버지를 스트레처 카에 옮겨 실었다.

"김윤찬 선생은 수술방 앞까지만 같이하고 빠져!"

고함 교수가 스트레처 카를 밀고 가려는 내 어깨를 잡으며 말했다.

"저도 수술방에 들어가겠습니다."

"아니, 자네가 할 일은 여기까지야. 이제부터는 나한테 맡겨."

"아닙니다. 저도 들어가……."

"그게 말이 돼? 지금 자네 몸 상태를 봐. 이런 상태로 어딜 들어간다고 그래? 환자 감염시키고 싶어서 환장했어?"

고함 교수가 땀으로 범벅이 되어 버린 내 몸을 가리켰다.

"그래도 제가."

"뭐가 그래도야? 지금 가서 샤워하고 소독하고 올래? 그럴 수 없잖아? 게다가, 지금 넌 체력도 바닥났다고. 지금은 냉정해야 할 때야. 내 말이 무슨 뜻인지 몰라?"

"교수님!"

"자네 맘은 충분히 이해해. 하지만 지금은 아니야. 나를 믿어. 실망시키지 않을 테니까."

저 눈빛!

그래, 고함 교수라면 살릴 수 있을 것이다.

"네, 그렇게 하겠습니다."

"그래, 그렇게 해. 지금까지도 훌륭하게 잘 해냈어. 환자 살린다면 그건 김윤찬 선생이 살린 거야. 어서 밀고 내려와."

"네."

고함 교수가 내 어깨를 두드리며 밖으로 나갔다.

잠시 후.

"땀으로 멱을 감은 겨? 먼 땀을 그렇게 흘리는감?"

의식을 회복한 할아버지가 힘겹게 입을 뗐다.

"할아버지!"

"왜 대빵한테 혼나고 그래."

"아니에요, 할아버지."

"난중에 윤찬 선생도 대빵 되면 혼들 내 줘."

"네에."

"윤찬 선상이 날 살린 겨?"

할아버지 얼굴에 조금씩 혈색이 돌았다.

"네, 제가 살렸어요! 이제 정신이 좀 드세요?"

난 부드럽게 손을 잡아 주었다.

"쓸데없는 짓을 했구먼. 내가 죽으면 그 돈 다 자네 차지가 될 텐데."

"할아버지, 지금 그런 농담이 나와요?"

"농 아녀, 나 같으면 백 번, 천 번도 그랬을 겨."

"쓸데없는 소리 마세요! 교수님도 오셨으니, 이제 괜찮아지실 거예요."

"윤찬 선생, 나가 윤찬 선생한테 부탁이 있어."

할아버지가 간신히 손을 들어 올려 자신에게 가까이 오라고 했다.

"네, 말씀하세요."

"혹시나 나가 이대로 할망구 곁으로 가게 되면 말이여, 그 돈 중에서 딱 10억만 떼어서 그놈의 새끼한테 줘. 그 뭐시냐. 나가 로또 맞았다고 혀고. 더 이상 주면 그놈 인생, 망가질 겨."

"왜 그런 말을 하세요. 할아버지가 직접 주시면 되잖아요."

"혹시 모릉께 하는 말이여. 아, 주소하고 전화번호는 저그, 내 가방 속에 있어."

"알았어요. 알았으니까 말 많이 하지 마세요."

"왜 이랴. 내 말 아직 안 끝났어."

"네, 빨리 말씀하세요. 시간 없으니까."

"알았응께, 그라고 보채지 좀 마. 나머지는 나같이 힘없고 갈 곳 없는 늙은이들을 위해서 써 줘. 거 있잖아, 뭐더라……."

"재단이요?"

"그래, 그거 하나 맹글어서 자네가 관리햐!"

"할아버지!"

"지금 뭐 하는 거야? 환자 빨리 옮기지 않고!"

"네, 죄송합니다, 선생님."

꾸물거리자 천기수가 달려와 소리쳤다.

"할아버지, 그건 나중에 상의하고요, 이제 살러 갑시다."

"그랴."

할아버지가 입가에 희미한 미소를 띠었다.

잠시 후, 수술 센터 앞.

3층 수술 센터로 내려가니, 고함 교수가 기다리고 있었다.

"아직도 내가 수술방에 못 들어가게 해서 서운한가?"

좀 전과는 달리 한층 누그러진 목소리였다.

"아닙니다. 제가 쓸데없는 호기를 부린 것 같습니다."

"그렇게 생각해 준다니 고맙군. 훌륭하게 잘 해냈어."

"교수님, 부탁합니다! 할아버지 살려 주십시오."

"그래, 지금부터는 나한테 맡겨. 자네가 살리려고 노력한
만큼, 최소한 그만큼은 나도 노력할 테니까."

"네, 감사합니다."

"자, 다들 들어가지."

"네, 교수님."

지잉.

수술방 문이 열리고 할아버지를 실은 스트레처 카가 안으
로 들어갔다.

그리고 8시간 후.

마치 며칠 전에 들어간 것 같은 스트레처 카가 다시 문밖으로 나왔다. 8시간이란 시간이 그토록 길게 느껴지긴 난생처음이었다.

드디어 스트레처 카가 모습을 드러냈다. 마취가 풀리지 않았는지 할아버지는 잠들어 있었다.

누렇게 황달이 올라와 있긴 했지만, 더없이 편안해 보였다.

천만다행으로 수술이 잘된 듯싶었다.

"교수님, 수술은요?"

"후우, 1시간만 늦었어도 힘들었을 거야."

고함 교수가 흥건하게 땀에 젖은 두건을 벗으며 한숨을 내쉬었다.

"다행입니다."

"그래, 혈관이 바늘 하나 들어갈 데가 없을 정도로 꽉 막혔어. 진짜 기적이다. 수술은 잘 끝냈으니까, 이제 모든 건 하늘에 맡겨 보자."

"감사합니다. 정말 감사합니다, 교수님!"

"감사하긴. 김윤찬 선생이 다 한 거야. 내가 뭐 한 게 있나?"

"아닙니다. 교수님 아니었으면, 불가능했을 겁니다."

"겸손할 필요 없어. 장한 일을 한 거야. 그건 그렇고, 환자가 너무 체력이 떨어져서 향후가 중요한데 말이야. 환자, 가족은 없나?"

"아, 네. 아드님이 한 분 계신데, 호주에 살고 있다고 하네요."

"저런, 아버지가 이렇게 큰 수술을 받았는데, 얼굴도 비치지 않은 모양이군."

"네."

"아이고야, 참 매정하네. 아, 그래서 수술 동의서에 김윤찬 선생이 사인했던 건가?"

"네, 어쩌다 보니 그렇게 됐습니다."

"허허, 그거 간단해 보여도 쉽지 않은 결정인데, 아무튼 훌륭한 일을 했네."

"아닙니다."

"좋아, 지금 그 마음, 10년이 지나도 20년이 지나도 간직하게나."

"네, 명심하겠습니다."

"그래, 수고 많았어. 고생했을 텐데, 좀 쉬도록 해."

"네, 교수님."

아무튼, 정말 다행이었다. 할아버지가 살 수 있어서.

몇 달 후.

한 번의 재수술을 더 받은 김정호 할아버지. 수술은 성공적이었고, 할아버지의 회복 속도는 놀라울 정도로 빨랐다.

　나는 언제나처럼 할아버지와 함께 하늘공원에 올라왔다.

　"윤찬 선상, 고마워. 그놈들 안 보니까, 이렇게 좋을 수가 없구먼."

　변호사를 선임, 할아버지 주변 정리부터 깨끗이 해 두었다.

　"그러게요. 놈들도 이게 웬 떡이냐 싶었을 겁니다. 원금도 못 건질 뻔한 걸, 이자까지 쳐서 받았으니까요. 순간의 기쁨이긴 하지만요."

　불법 추심에 협박, 공갈 갈취 등 그들이 저지른 모든 악행에 대한 대가를 치르게 할 생각이었다.

　"그건 자네가 알아서 햐. 그나저나, 내가 말한 건 잘 진행되고 있는감?"

　"네, 변호사 통해서 재단 설립 절차를 밟고 있어요."

　"수고했네."

　지옥 문턱까지 갔다가 돌아오신 할아버지. 이렇게 환하게 웃는 모습을 볼 수 있어서, 정말, 정말 다행이었다.

　"그나저나, 할아버지 거처는 좀 옮기시는 게."

　"떽, 이놈아! 내가 지금까지 말한 걸 허투루 들었남? 사람이 분수를 모르고 살면, 급살을 맞는 겨. 등 따시고 배부를 수 있는 호사만 누리고 살면 그만인 겨."

　"네, 알겠습니다."

"그나저나, 민국이 놈한테는 연락했는감?"

민국은 할아버지의 하나뿐이 아들이었다.

"네, 이제 올 때가 됐습니다."

"내가 말한 건 준비해 뒀지?"

"네, 여기요."

나는 할아버지께 10억이 예치된 통장을 건네주었다.

"아, 아버지!!"

쾅.

그 순간, 한 남자가 문을 부술 듯 세게 밀고 들어왔다.

얼마나 정신없이 뛰어 올라왔는지 온몸이 땀에 흠뻑 젖어 있었다.

"왔니."

"네, 병원에서 연락을 받고."

헉헉.

얼마나 찾아 헤맸는지 숨이 턱 밑까지 차오른 것 같았다.

"지금 도착한 게냐?"

"네, 아버지. 이게 어떻게 된 일입니까? 정말 로또에 당첨이……."

"이놈아, 큰 수술을 받은 애비 안부가 먼저 아니더냐?"

"아, 네. 죄송합니다. 수술 잘 끝나셨다는 소릴 들어서……. 괜찮으세요?"

"엎드려 절 받기군. 준호는 잘 있는 게냐?"

"네, 잘 있습니다."

"잘 있다니 되었다. 김 선생한테 연락을 받았으면 자초지종은 다 알 테고, 결국 이것 때문에 그 먼 곳에서 온 거니?"

할아버지가 테이블 위에 통장을 올려놓았다.

"그, 그게 아니라……."

그 순간 울리는 전화벨 소리.

남자의 아내 이진경의 전화였다.

"뭐 하니. 애미 전환가 본데, 받아라."

남자가 망설였다.

"괜찮습니다."

"받으래도!"

"네, 알겠습니다."

남자가 마지못해 통화 버튼을 눌렀다.

ㅡ여보, 지금 확인해 보니까, 아버님 로또 당첨금이 24억이네요! 아버님 좀 잘 설득해.

그녀의 목소리가 수화기에서 튀어나왔다.

"지금 당신 미쳤어? 무슨 헛소리를 하는 거야? 그 입 안 다물어!"

당황한 남자가 그녀의 말허리를 잘라 버렸다.

-왜, 왜 그래요?

"당장 끊어!"

뚝, 남자가 신경질적으로 전원 버튼을 눌렀다.

최소한의 양심은 있는 모양이었다.

"죄송합니다, 아버지."

"아니다. 준호 어미는 예나 지금이나 여전하구나."

"그게 아니라, 준호 엄마는 그런 뜻이 아니라, 지금이라도 우리가 아버님을 모시는 게 어떠냐고 설득해 보라는 의미에서……."

"아이고, 우리 며느리가 그런 기특한 생각을 다 하고, 늘그막에 며느리 덕에 호강을 하게 생겼구나."

껄껄껄, 할아버지가 목젖이 보이도록 크게 웃으셨다.

"어르신, 저는 이만 내려가 보겠습니다. 두 분, 대화 나누세요."

"아냐, 아냐. 김 선생이 내 생명의 은인인데, 그러면 쓰나? 보아하니, 두 내외가 세상 둘도 없는 효자효부인데, 지 애비 생명의 은인한테 큰절이라도 해야 마땅한 거 아닌가? 뭐 해, 큰절 올리지 않고?"

"어르신, 그게 무슨 말도 안 되는 말씀이세요?"

"아, 아버지!"

남자가 난처한 표정을 지었다.

"왜? 그 정도도 못 하겠니?"

"그게 아니라."

"이놈아, 이 청년 아니었으면 이미 난 저세상 사람이여. 내가 빈털터리로 병원에 들어왔을 때, 네놈 대신 자기 월급까지 잡혀 가며 내 수술비 대 준 고마운 분이여."

할아버지 목소리가 격앙되기 시작했다.

"……."

"내가! 내가! 네놈한테 이 돈을 줄 게 아니라, 김 선생한테 줘야 마땅한 거여! 그런데 그깟 큰절 한 번 하는 게 그렇게 어렵냐? 나는 네놈이 사고 쳐 경찰서 잡혀갔을 때, 순사한테 천 번, 만 번도 더 절하고 빌었고, 네놈 괴롭히는 군대 고참, 그 새파란 놈한테도 손이 발이 되도록 빌고 또 빌었어! 네놈 좀 예쁘게 봐 달라고!"

할아버지가 마침내 참았던 설움을 토해 냈다.

"할아버지!"

"아버지, 죄송합니다! 정말, 죄송합니다!"

그때서야 남자가 바닥에 무릎 꿇었다.

"이 나쁜 놈아!"

하아.

할아버지가 눈물을 감추려는 듯 고개를 들어 하늘을 올려다보았다.

"아버지, 제가 죽을죄를 지었습니다. 저, 호주 정리하고 한국 들어올게요. 제가 앞으로 아버지 모시고 살겠습니다."

"아서라, 나랑 인연 끊겠다고 호적 파 간 놈이, 네놈이여. 지금이야, 이 돈 타 가려고 눈이 벌게져서 이러지. 몇 달, 아니 며칠만 지나도 나 몰라라 할 놈이 네놈인 걸 내가 모를 것 같으냐?"

"아, 아버지!"

"걱정 마라. 이 돈, 이 지랄 같은 돈! 마누라 잡아먹고, 아들 하나 있는 거, 세상 후레자식으로 만든 이 더러운 돈, 난 필요 없으니까, 네가 가져가서 호의호식하며 행복하게 살아라. 괜히 맘에도 없는 말, 씨불이지 말고."

할아버지가 통장을 내던지듯 테이블 위에 올려놓았다.

"아버지, 그게 아니라……."

그 와중에도 남자가 통장을 열어 금액을 확인했다.

"왜? 10억으론 양이 안 차냐? 그래, 나도 입에 풀칠이라도 하려고 몇억은 뺐다. 그것까지 싹 털어 주랴, 이놈아?"

"아, 아닙니다, 아버지. 그게 아니라."

남자가 안절부절못하며 어쩔 줄 몰라 했다.

"됐다! 이제 너와 나는 남남이여. 아니지, 10년 전부터 이미 우리는 법적으로 남남이었다. 다만, 네 엄마도 너 같은 놈도 자식이라고 그리워하고 있을 테니, 돌아가기 전에 납골당이라도 한번 가 봐, 이 불효막심한 놈아!"

"……."

"김 선생, 가세."

"아, 네, 어르신."

할아버지는 아들을 남겨 둔 채, 냉정하게 돌아섰다.

♥

그날 밤, 병실.

"김 선상, 내가 잘한 거지?"

유난히 수척해진 할아버지가 나지막이 물었다.

"네, 잘하셨어요, 할아버지."

"그게 말이여. 그런데 여가 왜 이렇게 아픈지 모르겠네."

할아버지가 손바닥으로 자신의 가슴을 문질렀다.

"할아버지……."

"민국이 그놈아가 원래 그렇게 나쁜 놈은 아녀. 그놈의 지랄 같은 돈 때문에, 그렇게 변한 겨."

흐음, 할아버지가 한숨을 내쉬었다.

"오늘 일로 많이 뉘우치셨을 거예요."

"지발 그랬으면 얼마나 좋겠어."

"그러실 겁니다."

"이젠 원도 없고, 한도 없는 겨. 다만……."

"걱정 마세요, 할아버지. 손주분은 제가 끝까지 책임지고 돌봐 드릴게요. 너무 걱정 마세요."

"참말인감?"

"네, 걱정 마세요."

"고맙구먼. 정말 고맙구먼, 김 선상."

그렇게 매정하게 아들을 내치셨지만, 지금 이 순간까지도 자식과 손주 생각뿐인 할아버지셨다.

♥

3개월 후.

이제 1년 차를 마무리하는 12월.

환자 보랴, 곧 있을 전공의 평가에 대비하랴, 몸은 천근만근 파김치가 됐고, 언제 머리를 감았는지 기억이 나지 않을 정도로 피폐한 하루하루를 보내고 있었다.

역시 회귀해도 레지던트 생활은 지옥이었다.

흉부외과 병동 복도.

잔뜩 화난 표정의 고함 교수. 그 앞에 반찬 집어 먹은 강아지처럼 천기수가 잔뜩 겁먹은 표정으로 서 있었다.

"애들 보는 앞이라 뭐해서 일루 데리고 왔어."

"네에."

"천 선생! 너, 정말 이럴래?"

고함 교수의 얼굴이 토마토처럼 붉게 물들었다.

"죄송합니다, 교수님."

"넌 어떻게 치프라는 인간이 다이섹(대동맥 박리)과 튜버쿨러스 페리칼다이티스(결핵성 심낭염)를 구분 못 해?"

퍽!

악!

고함 교수가 천기수의 정강이를 걷어차 버렸다.

"말해 봐, 왜 그런 엉터리 진단을 내렸는지."

"그, 그게 등 통증이 심하고 심낭에 이퓨전(삼출) 소견이 보여서요."

천기수가 확신이 없는 표정으로 말을 더듬었다.

"이 새끼, 이거 사람 잡을 놈일세. 심낭 삼출혈이 보이면? 뭐? 그러면 무조건 다이섹(대동맥 박리)이야?"

고함 교수가 게거품을 물며 송곳니를 드러냈다.

"그게, 제가 그렇게 배워서……."

"뭐라고? 어떤 새끼가 그렇게 갈쳤는데? 당장 데리고 와 봐, 조동아리를 찢어 버릴 테니까."

"아, 아닙니다. 죄송합니다, 교수님."

"이 새끼, 이거 뚜껑 열리게 만드네? 넌 인마, 넌 애들보다 나이도 많잖아? 사회 물 좀 먹었으면, 눈치껏 해야지. 매사 사건, 사고야."

"……."

"너, 이래 가지고 이 바닥에서 살아남겠냐? 대가리가 안 되면 노력이라도 해야 하는 것 아니냐?"

"죄송합니다."

"시끄러! 흉부외과 군기가 예전만 못하기도 하고, 너 이런 식으로 일하면 아래 연차 애들이 우습게 봐. 제발 정신 좀 차려라."

"죄송합니다."

"죄송을 달고 사는구나. 제발 좀!"

"네, 최선을 다하겠습니다."

"최선 말고, 결과를 내 봐. 이렇게 해서 너를 믿고 무슨 일을 맡겨. 제발, 잘 좀 하자, 이 화상아!"

"네에, 결과를 만들어 내겠습니다."

'아이고, 꼬시다! 결과를 만들긴 개뿔, 뭘 만들어?'

그 모습을 이택진이 위층에서 훔쳐보고 있었다.

"환자 백혈구 수치가 미친놈 널뛰듯이 처올라 2,000이 넘었어. 그거만 봐도 각 나왔을 거다, 이 녀석아."

"……."

"아무튼, 이건 내가 알아서 처리할 테니까, CS(고객지원 센터) 센터장이 부르면, 넌 내가 시킨 대로 했다고 해. 알았어?"

"아무리 그래도……."

"인마, 뭐가 아무리 그래도야? 환자 보호자가 너, 잘라 버리라고 난리도 아냐. 그러니까, 괜히 쓸데없이 입 나불거리지나 마."

"네에, 교수님! 정말 감사합니다."

천기수가 연신 허리를 굽혔다.

"됐고, 이번에 VIP 병실에 귀한 환자가 왔으니까, 각별히 신경 쓰도록 해."

'귀한 환자? 그게 누구지?'

이택진이 귀를 쫑긋 세웠다.

"아, 네. 누구를 말씀하시는 겁니까?"

"너도 잘 알거야. 그, 뭐냐? 걸 그룹 걸스시대? 거기 리더 라던데. 이름이?"

고함 교수가 고개를 갸웃거렸다.

"헐, 유나요? 영화 비상구에 나왔던?"

깜짝 놀란 천기수가 목소리 톤을 높였다.

"그래, 맞아, 유나! 가벼운 감기 증세가 있어 입원하는데, 입원한 김에 겸사겸사 건강검진도 한다니까, 네가 신경을 좀 쓰도록 해."

"네. 교수님."

"하여간, 돈도 많다. 하루에 2백만 원 하는 병실에 감기 때매 입원을 다 하고. 가수면 돈을 그렇게 많이 버나?"

고함 교수가 허탈한 듯 고개를 내저었다.

"그야 뭐, 우주 대스타니까요."

금세 표정이 밝아진 천기수의 입이 양 귀까지 찢어졌다.

"그렇게 좋냐?"

천기수가 몸을 배배 꼬자 고함 교수가 한심하다는 표정을 지었다.

"죄송합니다. 워낙 팬이라서."

천기수가 민망한 듯 얼굴을 붉혔다.

'악! 이게 무슨 난리야? 우리 귀염둥이 유나가 입원한다고? 완전 대박 뉴스! 당장, 알려야겠다!'

놀란 건 그뿐만이 아니었다. 하마터면 비명을 지를 뻔한 걸 억지로 삼켜 넘긴 이택진이었다.

"윤찬아! 빅뉴스!"

헉헉, 이택진이 헐레벌떡 당직실로 뛰어 들어왔다.

"무슨 일인데?"

"야, 뉴스가 두 갠데, 뭐부터 들을래? 센 거, 더 센 거!"

"왜 이렇게 호들갑이야?"

"빨리 말해 봐, 뭐부터 들을래?"

"그래, 알았다. 센 거."

"그게, 내가 아까 병동 복도에서 봤는데, 히드라가 시즈탱크한테 개발리더라."

시즈탱크는 이택진이 지어 준 고함 교수를 일컫는 애칭(?)이었다.

"천기수 선생님이?"

"어, 504호 박상진 환자 있잖아. 다이섹(대동맥 박리) 진단받은."

"어, 그런데?"

"다이섹이 아니라 결핵성 심낭염이었어. 아마, 보호자가 CS(고객지원 센터)에 신고했나 봐, 히드라 자르라고. 아주 난리도 아닌가 봐."

"어떻게 그런 일이 있을 수 있어?"

"그러게 말이다. 솔직히 이 정도면 의료사고지. 그런데 고함 교수가 실드를 쳐 주시더라. 나, 그거 보고 진짜 감동 먹었어. 완전 츤데레야, 츤데레."

"그래, 고함 교수님 원래 그러시잖아. 겉으로는 호랑이 같지만 속정은 깊어. 우리를 얼마나 아끼는데."

"맞아. 아무튼, 진짜 존경스러워."

"그건 그렇고, 더 센 거는 뭐야?"

"어? 그거?"

흐흐흐, 갑자기 녀석의 입이 헤벌쭉해졌다.

"뭐야? 나 중환자실 내려가 봐야 해. 빨리 말해."

"그래, 인마. 내가 아직까지 진정이 안 돼서 그래. 야, 놀라지 마라. 우리 병원 VIP 병실에 유나가 온대!"

후우, 택진이가 심호흡을 깊게 내뱉었다.

"유나?"

"빙고! 걸스시대 리더, 유나. 그 여신이 강림하신다고. 것도 우리 병원에."

"그래? 어디가 아파서 오는데?"

"그건 나도 모르지. 야, 그나저나 너 반응이 왜 이렇게 시큰둥해, 기분 나쁘게?"

"그럼 뭐, 만세라도 부를까?"

"하여간, 재수 없는 놈! 자기도 좋으면서 내숭 떨긴. 그나저나 히드라 그 인간, 유나 온다니까 몸을 꼬면서 지랄 발광을 떨더라? 꼴에 우리 유나를 마음에 품었나 봐?"

"야…… 저기."

때마침, 천기수가 당직실로 들어왔다.

쉿, 천기수가 몸을 숨기며 조용히 하라는 듯 검지를 입술에 가져다 댔다.

"저기, 뭐? 암것도 **없네**. 근데 더 웃긴 건, 유나가 온다는데 얼굴은 왜 **빨개져? 졸라** 웃기지 않냐?"

"……."

"꼴에 유나를 좋아하나 봐. 시즈탱크 맞고 터져 버린 히드라같이 생겨 가지고. 안 그래?"

"……."

"야, 왜 말이 없어?"

아악!

그 순간, 천기수가 택진이의 귀밑머리를 잡아 올렸다.

"서, 선생님, 언제 오셨어요?"

이택진이 당황한 듯 헛웃음을 지었다.

"뭐? 히드라?"

"아, 그게……. 제가 어제 밤새워 스타를 했더니, 유닛 이름이 자꾸 입에 배서……. 저, 절대 선생님을 빗대 말하는 건 아닙니다. 절대! 맹세!"

"아, 그래? 너 스타 주로 뭐 한다고 했지?"

"아, 네. 전 저그를……."

"그래? 잘됐네. 오늘 네 해처리, 아작을 내 주마. 따라와, 인마!"

"아, 아아, 아파요!"

"아프냐? 나도 아프다. 뭐, 히드라? 좋아, 오늘 독침으로 네놈을 싹 다 녹여 주마."

그리고 며칠 후.

으아아악!

절규하는 이택진의 울부짖음. 세상, 나라가 망한 줄 알았다.

"이, 이게 말이 돼? 왜 내가 아닌데? 왜! 왜냐고!"

이택진이 머리카락을 쥐어뜯었다.

이유는 간단했다.

유나 담당의를 내가 맡기로 했으니까.

걸 그룹도 아프다

흉부외과 의국.

이택진이 나를 보자 헐레벌떡 달려왔다. 손에 무언가를 들고서.

"윤찬아, 너 오늘 거기 들어가지?"

VIP 병실을 말하는 듯 보였다.

"어, 왜?"

"나, 사인 좀 받아 주면 안 되냐?"

이택진이 녀석이 유나 실물 크기 대형 입간판과 펜을 내밀었다.

"헐, 이런 건 어디서 구했어?"

"휴대폰 대리점에서 핸드폰 다섯 개 개통하고 선물로 받았

걸 그룹도 아프다 71

어. 아, 아니다. 엄마랑 동생까지 합하면 일곱 개네."

"미치겠네. 핸드폰 다섯 개?"

"그럼 어떡해, 죽어도 안 준다는데……."

"아무리 그래도 그렇지. 그게 말이 되냐?"

"말 돼! 저 입간판이 인터넷에서 얼마에 거래되는 줄 알아? 솔직히, 그 정도면 거저로 얻은 거라고."

이택진 녀석이 신줏단지 모시듯 옷소매로 입간판을 문질거렸다.

"야, 아무리 그래도 저걸 어떻게 들고 들어가?"

"야, 인마, 친구한테 그 정도도 못 해 줘? 난, 네놈이 해 달라는 건 다 해 줬어. 그런데 이 정도도 못 해 줘?"

"알았어, 사인 받아 오면 되잖아."

"그래, 처음부터 그렇게 나와야지. 부탁한다, 친구야. 우리 여신님, 상하지 않게 조심하고. 여기 좀 까져 가지고 '아야!' 하셨단 말이야."

이택진이 벗겨진 입간판 끝부분을 조심스럽게 매만졌다.

쪽팔리게 이걸 어떻게 들고 들어가냐?

녀석의 성화에 들어주기로 했지만, 솔직히 난감했다.

아, 쪽팔려!

입간판을 들고 VIP 병동으로 올라가니 간호사들이 나를 힐끗 보며 킥킥거렸다. 몸 뒤로 가려 봤자 의미는 없었다.

"야, 김윤찬! 너, 유나 광팬이시구나? 입간판까지?"

로비에서 만난 귀남이 녀석이 손가락질을 하며 놀렸다.

"이거 내 거 아니거든."

"크크, 다들 그렇게 말해."

"정말이야. 택진이가 부탁한 거라고."

"누가 뭐래? 괜히 얼굴은 왜 빨개지고 그러냐?"

"아무튼 내 거 아니니까 오해하지 마라."

"알았다! 근데 윤찬아, 너 휴대폰 몇 대 개통하고 그거 받아 온 거야? 요즘, 그 입간판 아무나 안 준다고 하던데."

"야, 너?"

"크크, 알았어, 네 거 아니라고 믿어 줄게. 근데 정선에 있는 윤이나 선배가 이거 알면 되게 섭섭해할 텐데."

"아니래도!"

"알았다! 난 이만 가 봐야긋다. 우리 꼬마 천사들 만나러! 그런데 유나가 그렇게 좋나? 난 제니가 더 예쁜 것 같던데."

김귀남이 중얼거리며 멀어져 갔다.

와, 예쁘긴 하네.

잠시 후, VIP 병실 문을 열고 들어가니 유나가 그녀의 매니저와 같이 있었다.

TV에서만 보던 그녀.

젠장, 환자복이 이렇게 잘 어울리면 어쩌자는 거야?

시디 한 장으로도 충분히 가려질 것 같은 얼굴.

그 안에 눈, 코, 입을 점으로 찍어 놓은 듯했다.

분명, 지구상에 존재하는 얼굴은 아닌 듯했다.

"선생님, 그거 구하셨네요? 구하기 어렵다던데."

그녀가 나를 보며 미소 지었다.

"제 거 아닙니다."

"그래요? 그럼?"

"네, 제 친구가 부탁을 해서."

"하하, 다들 그래요."

유나 매니저가 피식거렸다.

"네?"

"아뇨, 아무것도 아니니까, 두 분 대화 나누세요."

"아, 네."

"유나야, 아무튼 이건 내가 알아서 처리할게."

"그래, 오빠. 나중에 봐."

"그래, 이번 기회에 푹 쉬고 확실히 체력 회복해서 복귀하자. 알았지?"

"응."

매니저가 나를 힐끗 쳐다보더니 입꼬리를 살짝 말아 올렸다.

"친구분이 제 팬이신가 봐요?"

매니저가 나가자 그녀가 몸을 일으켜 세웠다.

"네."

"그래요? 주세요, 사인해 드릴게요."

"네, 여기 있습니다."

"선생님은 아니세요?"

"뭘요?"

"선생님은 저 안 좋아하시냐고요."

"아, 글쎄요. 저는 TV를 잘 보지 않는 편이라."

"그래요? 그러면 제 팬이 아니라는 뜻?"

"뭐, 편하실 대로 생각하세요."

나를 잊지 말아요.

시간이 흘러도.

때마침, 울리는 전화벨 소리.

어이없게도 유나의 노래가 흘러나왔다.

"어머, 내 노래네? 제 팬 아니시라면서?"

풋, 유나가 손으로 입을 가리며 웃었다.

그 순간 스치는 그녀의 표정. 창백한 얼굴이 아무리 봐도 단순 감기는 아닌 것 같았다.

"감기라고 하셨죠?"

"네."

"증세가 얼마나 오래되신 거죠?"

"제가 워낙 감기를 달고 살아서 그건 잘 모르겠어요. 일주일? 아니, 한 달 전쯤인가?"

"네."

아무리 생각해도 느낌이 별로 좋지 않아. 일단 검사 결과를 보고 나서 판단하자.

"뭘, 그렇게 빤히 쳐다봐요?"

"아, 아닙니다, 아무것도. 혈압 좀 확인하겠습니다."

"어떤가요?"

혈압 체크가 끝나자 그녀가 물었다.

"118/72네요."

"좋은 건가요?"

"네, 약간 낮긴 편이긴 한데, 정상 범위에 해당됩니다."

"다행이네요. 제가 요즘 과로를 좀 했던 거 같아요. 영화다 콘서트다 정신이 하나도 없었거든요. 지난번에 뮤직비디오 찍을 때는 비둘기 털이 하도 날려서 죽는 줄 알았어요."

"네, 불규칙한 생활을 하시는 분일수록 건강에 신경을 쓰셔야 합니다."

"네, 맞아요. 예전에 비해 쉽게 피로하고 몸살기도 있는 것 같고 그러네요."

콜록콜록, 유나가 손으로 입을 가리며 잔기침을 했다.

"네, 검사 결과가 나와 봐야 알겠지만, 가벼운 폐렴일 수도 있으니까, 습도 조절하세요. 너무 건조한 건 안 좋습니다."

"네, 선생님!"

"아무튼, 내일 여러 가지 검사해야 하니까 지금부터는 금식입니다."

"어머, 아무것도 못 먹어요?"

"네, 가능하시면 물도 드시지 않는 것이 좋아요."

"어휴, 정말요? 초콜릿도요?"

유나가 아쉬운 듯 미간을 찌푸렸다.

"네, 음식을 섭취하시면 결과가 왜곡될 수 있으니, 드시면 안 돼요."

"네에, 알겠어요."

"그럼 이만 나가 보겠습니다."

그리고 며칠 후, 유나의 검사 결과가 나왔다. 난 판독기에 CT 결과지를 걸고 유심히 살펴보았다.

'폐 우하엽에 1.7센티 정도 되는 결절이 보이네?'

게다가 그 지점에서 약 6센티 아래쪽 중심부에 우하엽 결절보다 다소 큰 결절이 보였다.

게다가 간유리 음영까지 보였다. 이쯤 되면 폐 선암이라고 볼 수도 있었다.

간유리 음영!

간유리 음영이란 흉부에 마치 유리를 갈아 뿌려 놓은 것처럼 뿌옇게 보이는 병변이다.

간유리 음영이 보일 경우, 폐 선암을 의심하는 것이 일반적이었다.

대부분의 암 환자에게서 간유리 음영이 발견되었으니, 간유리 음영을 폐암의 씨앗이라고 부르는 건 어찌 보면 당연했다.

유나가 폐 선암?

일단 폐 결절에 간유리 음영이면 그렇게 보는 것이 타당했다.

"폐 선암이 맞네."

내 등 뒤에서 목소리가 들렸다. 그는 한상훈 교수였다.

"암이 아닐 수도 있습니다."

"암일 확률이 더 높지."

"맞습니다. 일단 간유리 음영이 보인다면 암을 배제해서는 안 되겠지만, 단순 염증 혹은 양성 결절일 수 있습니다."

"김윤찬 선생, 우린 신이 아니야. 검사 결과가 이렇게 나왔다면 암을 의심해 보는 것이 맞아. 만약, 진짜 암이라면 어떻게 할 건가? 그대로 악화되게 놔둬야 하나?"

"……."

"의사는 결코, 팩트를 무시해선 안 돼! 지금 검사 결과가 그렇게 말해 주고 있지 않은가?"

"전 팩트를 무시하자고 하지 않았습니다. 섣부른 판단을 조심하자는 의미였죠."

"내가 섣부른 판단을 한다고 생각하나?"

한상훈이 매의 눈으로 날 노려봤다.

"아뇨, 다만 확률을 무시하고 계신다는 생각은 듭니다. 교수님은 지금 암이라고 확신하고 계시지 않습니까?"

"데이터가 그렇게 말하고 있으니까."

"전, 확신만큼 무서운 것은 없다고 생각합니다. 모든 병의 진단에 100%라는 건 있을 수 없으니까요. 항상, 예외적인 상황을 염두에 두고 객관적인 시각으로 봐야 하는 거라 생각합니다."

"난, 좀 더 높은 확률의 손을 들어 주고 싶을 뿐이야. 저 환자는 90% 이상 선암일 가능성이 높아. 내 경험상으론."

한상훈 교수가 냉정하게 단정 지었다.

"전, 나머지 10%을 확인하기 전까지는 90%를 신뢰할 수 없습니다."

"어떻게 확인한단 거지?"

"사진상 보이는 간유리 음영의 크기는 대략 0.5센티 정도입니다."

"그래서?"

"0.5센티 정도의 간유리 음영을 제거하기 위해 가슴을 열어야 합니까?"

"물론, 그건 아니지. 저게 바로 암의 씨앗이니 그걸 제거

해야 한다는 의미야."

"네, 맞습니다. 암의 씨앗이라면 제거하는 게 맞겠죠. 하지만 양성 종양이라면 간단한 시술로도 충분히 완치될 수 있습니다. 가슴을 절개한다는 건, 환자에겐 너무나 큰 충격이니까요."

"이 사진은 단순히 간유리 음영만 보이는 건 아니잖아? 폐결절은 어떻게 할 건가?"

한상훈이 날카롭게 쏘아붙였다.

"결핵에 걸려도 같은 소견을 보입니다."

"결핵? 그렇다면 PCR 검사 결과를 확인해 봐야겠군?"

한상훈 교수가 컴퓨터 쪽으로 몸을 움직여 마우스를 클릭했다.

"봐, 이 환자가 결핵인가?"

검사 결과를 확인해 봤지만, 분명 결핵은 아니었다.

"이상 없군요."

"그래, 그럼 결핵은 아닌 것 같구나. 그러면, 또 뭐가 있지?"

한상훈 교수가 비릿한 미소를 입가에 흘렸다.

"기생충 감염의 가능성도 배제할 수 없습니다."

"아니, 내가 확인해 봤지만, 기생충 감염 같은 건 없어."

"……"

"이제 내 말이 이해가 좀 되나? 결핵, 기생충 감염은 물론

폐렴도 아니야. 그런데 이 환자는 간유리 음영에 상당히 큰 폐 결절까지 발견되었어. 이래도 내 진단에 문제가 있다는 건가?"

한상훈 교수가 자신만만한 표정을 지었다.

그렇다면, 남은 건 크립토콕쿠스균 감염뿐인데?

크립토콕쿠스 감염증.

진균의 일종인 크립토콕쿠스 네오포만스가 호흡기를 통해 인체에 감염돼 폐에 염증을 일으키는 병으로, 증세는 폐암, 폐결핵, 폐렴과 같이 폐 결절을 동반한 간유리 음영 소견을 보인다.

애완동물, 특히 비둘기의 몸속에 존재하는 균으로, 비둘기와의 접촉을 통해 감염되기도 한다.

크립토콕쿠스 감염증을 폐암으로 오인해 오른쪽 폐 전체를 절제해 버리는 의료사고가 발생할 정도로 폐암과 증세가 유사한 특징을 가지고 있었다.

－지난번에 뮤직비디오 찍을 때는 비둘기 털이 하도 날려서 죽는 줄 알았어요.

그 순간, 유나가 했던 말이 뇌리를 스쳤다.

맞다, 어쩌면 유나는 크립토콕쿠스균에 감염된 것일지도.

크립토콕쿠스 감염이라면 약으로도 충분히 치료가 가능

하다!

물론, 크립토콕쿠스 감염일 확률은 5% 정도밖에 되지 않는다. 한상훈의 말대로 폐 선암일 확률이 훨씬 더 높아.

하지만 의사라면 5%가 아니라, 0.5%의 확률이라도 매달려야 한다. 그 0.5%가 환자 입장에선 100%이길 바랄 테니까.

"교수님, 죄송합니다. 제가 좀 바빠서 병실에 내려가 봐야 할 것 같은데요?"

"후후, 그래, 그렇게 해."

만면에 미소를 띠는 한상훈교수였다.

"네, 죄송합니다!"

후다닥.

난 그 즉시 유나에게로 달려갔다.

위잉.

VIP 병동 승강기 앞에서니, 문이 열리고 천기수가 내렸다.

"선생님, 지금 어디 다녀오세요?"

"네가 그걸 알아서 뭐 하게?"

"그게 아니라, 혹시 VIP 병동 이유나 환자 만나고 오신 겁니까?"

"내가 만나면 안 될 이유라도 있나?"

천기수가 못마땅한 표정으로 빈정거렸다.

"아뇨, 그런 게 아니라, 혹시 환자한테 검사 결과 알려 드렸나 해서요."

"왜? 네가 설명 못 드려서 억울하냐?"

"하아, 그런 게 아니라⋯⋯."

"됐고, 여기 온 거 보니 VIP 병실 올라가려나 본데, 아서라, 거기 지금 상태 안 좋으니까."

검사 결과를 말해 버린 건가?

"네?"

"야, 레지던트 생활 1년쯤 했으면, 어느 정도 차트 볼 수 있어야 하는 거 아냐?"

"네?"

"흠, 이유나 환자, 폐암이야. 아무래도 결절 크기를 봐서 폐 선암 2기쯤 되는 것 같다. 지금 브리핑하고 오는 길이야. 아이고야, 내 맴이 찢어진다, 찢어져."

"네? 폐암이라고요?"

"그래, 인마. 결절에 간유리 음영이 보이면 뻔한 거 아니냐? 사진 보면 바로 답 나오는 거야. 넌 그 정도 판독도 못 하냐?"

이 인간이 또 사고를 치고 말았어.

"누가요? 누가 폐암이라고 했는데요?"

"아니, 이 새끼가 지금 어디다 눈을 치켜뜨는 거야? 확, 먹물을 쪽 빨아 먹어 버릴까 보다!"

"아뇨, 그게 아니라, 아닐 수도 있잖아요, 폐암이."

"그래서? 지금 이유나 환자한테 가서 검사 결과가 잘못됐다 뭐 이러려는 거야?"

"그게 아니라……."

"됐고, 지금 이유나 환자 아무도 못 만나. 너 같으면 지금 제정신이겠냐? 나도 이렇게 가슴이 미어지는데."

"미치겠네. 그나저나, 이 진단 누가 하신 겁니까? 설마, 고함 교수님이십니까?"

"그래, 그 설마다. 내가 교수님 오더도 안 받고 통보하는 줄 알아?"

"네? 검사 결과 보고 저보고 하라고 하셨잖아요?"

"내가 그랬냐?"

"네!"

"몰라, 인마. 아무튼 교수님 지시 사항이니까, 괜히 잘난 척하지 말고 짜져 있어. 노파심에 말한다만, 괜히 VIP 병실에 가서 헛소리 지껄이지 말고. 괜히 이 정보 새 나가면 골치 아파지니까. 온갖 기자들이 다 몰려올걸."

"……."

"아이고야, 천하의 유나가 폐암이라니, 이거 언론에 노출되면? 아이고, 생각만 해도 끔찍하다, 끔찍해!"

천기수가 몸서리를 치며 양팔을 비비적거렸다.

♥

똑똑똑!

"들어와."

나는 그 즉시, 고함 교수님 방으로 향했다.

"네, 교수님."

"그렇지 않아도 자네를 부르려고 했는데, 잘됐군."

"네? 저를요?"

"그래."

"무슨 하실 말씀이라도?"

"다름이 아니라, 다음 주 금요일에 병원 1층 로비에서 음악회를 한다는군. 아무래도 위 연차들은 좀 바쁘니 자네가 도와줘야 할 것 같아. 동기들하고 인턴들 좀 데리고."

"어떤 음악회인데요?"

"흐음, 소아 심장병 어린이를 위한 콘서트라고 하더군. 일단, 그날 참석할 아이들 좀 추려 보고, 보호자들한테도 잘 설명드려. 젠장, 아픈 애들을 데리고 뭘 하겠다는 건지."

고함 교수가 못마땅한 듯 고개를 내저었다.

"아이들한테는 좋은 기회 아닐까요? 어린애들이 병실에만 있으면 답답하잖아요. 좋은 음악 들으면 정서적인 측면에서도 좋을 것 같아요."

"물론, 순수한 의도라면 그렇지."

"네? 그게 무슨 말씀이신지?"

"캠브리지 의대에서 귀하디귀한 손님이 온다고 저 지랄! 아냐, 자네는 알 거 없고. 아마, 당일 날, 아이들 동원하는 거랑 무대 설치 따까리도 좀 해야 할 거야. 미안하지만 수고 좀 해 줘."

"네, 걱정 마십시오."

"그래, 그나저나 나한테 무슨 볼일이 있어 온 거지?"

"그게, 이유나 환자 검사 결과 때문에……."

"음, 검사 결과 보고하려고? 이미 천 선생한테 보고는 받았는데."

"네, 알고 있습니다. 지금 막 천기수 선생님 만나고 오는 길이거든요. 교수님, 외람되지만 이유나 환자, 병명이 폐 선암 맞습니까?"

"뭐? 누가 그런 미친 소릴 해?"

"천기수 선생님이 과장님 오더 받고 이유나 환자에게 통보했다고 하던데."

"이 새끼가 미쳤나? 지금 무슨 짓을 한 거야? 누가 폐암이래!"

고함 교수가 버럭 소릴 질렀다.

"네? 그러면 교수님이 오더 내리신 것 아닌가요?"

"미치겠네. 검사 결과를 보니, 폐 선암이 의심되긴 했지. 제법 큰 폐 결절에 간유리 음영이 보였으니까. 하지만 폐 조직 생검 전까지는 아무 말도 말라고 했는데, 이 정신 나간 새끼가 무슨 뻘짓을 한 거야?"

고함 교수의 얼굴이 토마토처럼 붉어졌다.

"……."

"김 선생, 이 아메바 같은 인간, 당장 잡아 와, 당장!"

"교수님, 진정하십시오. 이미 엎질러진 물이에요. 소용이 없을 겁니다. 그보다 검사 결과를 보니, 제 짧은 소견이지만 이상한 점이 있어서요."

"이상한 점? 그게 뭐야?"

"우선, 사진상 간유리 음영이 폐암이라고 보기엔 미세하다는 점입니다."

"그건, 초기 선암의 경우는 그럴 수 있어. 아예 간유리 음영 소견이 없는 것도 있으니까. 그래서 이상하다는 거야?"

"아뇨, 환자가 경부 강직을 호소하고 있어요. 머리가 무겁고 목덜미가 뻐근하다고 하더라고요. 평소에는 그런 증세가 없었다고 했습니다."

"그거야, 피로에서 오는 일반적인 통증 정도야."

"게다가 제가 혈압을 잴 때 확인해 보니까 오른쪽 팔에 궤양도 보였습니다. 흔치 않은 궤양이었어요."

"음, 자네 지금 무슨 생각을 하고 있는 거야?"

이쯤 되면 고함 교수도 뭔가 짚이는 것이 있을 것이다.

"네, 제 생각엔 크립토콕쿠스 네오포만스균 감염을 의심해 봐야 할 것 같습니다."

"결국, 그 얘기를 하러 온 거군. 근데, 말이 되지 않잖나? 일반적으로 크립토콕쿠스균은 야생동물이나 산비둘기 같은 동물들의 배변에 섞여 있다가 접촉한 사람에게 옮기는 건데, 이유나가 그런 야생동물을 접한 적이 있겠어?"

고함 교수가 고개를 갸웃거렸다.

"네, 있습니다, 교수님!"

"뭐라고?"

"이유나 씨가 뮤직비디오를 찍을 때, 다수의 비둘기를 소품으로 활용했던 것 같습니다. 그때 감염됐을 개연성이 충분합니다."

"그래?"

조금은 납득이 되는지 고함 교수가 컴퓨터를 켜고 차트를 확인했다.

"네, 확률은 높지 않지만, 반드시 확인해 볼 필요는 있을 것 같습니다. 어차피 폐 조직 검사를 해야 하니, 동결절편 생검을 해 보시면 확실해질 겁니다."

동결절편 생검이란 수술 부위를 결정하거나 수술을 할지 말지를 판단키 위해 수술 전에 폐 조직 일부를 떼어 내 액체질소에 얼려 얇게 썬 후, 현미경으로 진단하는 것. 20분 내로 검사 결과가 나오는 간단한 방법이었다.

"그래, 자네 말에 일리가 있어. 흔치 않은 병이긴 하지만, 가능성을 전혀 배제할 순 없지."

"네, 맞습니다. 병만 특정된다면 치료는 어렵지 않지만 그냥 놔둘 경우, 문제가 심각해질 수 있는 병입니다. 폐에 엄청난 손상을 입혀서 가수 생활에도 막대한 지장을 줄 수 있는 병이에요."

"그렇겠지. 좋아, 자네 의견을 충분히 참고하지."

"네, 감사합니다, 교수님!"

"감사하긴 일러. 일단, 생검부터 해 봐야 하니까."

"네, 교수님."

"그나저나 이 망나니 같은 놈, 당장 내 방으로 오라고 해."

"그게, 좀."

솔직히 난감했다. 고자질하려 했던 건 아니었지만, 결과적으로 그런 케이스가 되어 버렸으니까.

"걱정 마. 김 선생 곤란하게는 하지 않을 테니까."

역시 눈치 빠른 고함 교수였다.

"네, 교수님. 감사합니다."

"이놈의 새끼, 오기만 해 봐라. 아주 잘근잘근 씹어 먹어 줄 테니까. 암이 뉘 집 개 이름이야?"

고함 교수가 송곳니를 드러내며 입술을 잘근거렸다.

잠시 후, 고함 교수가 천기수를 자신의 방으로 호출했다. 아니, 천기수가 끌려왔다는 말이 더 정확했다.

"이미 지나간 일이니, 네 잘못에 대한 책임은 묻지 않겠다."

"……."

"당장 가서 환자분께 사죄드려."

"교수님, 그렇게 되면 우리 스스로 실수가 있었다는 것을 인정하는 셈인데……."

"너, 잘 들어. 실수를 했으면 당연히 사과하는 게 맞아, 안 맞아?"

"아무리 그래도 틀린 진단은 아니지 않습니까? 한상훈 교수님도 암일 확률이 높다고 말씀하셨고……."

"시끄러워! 난 너희들을 그렇게 가르치지 않은 것 같은데? 우린 의사이기 전에 인간이야. 잘못한 부분이 있으면 그걸 인정하고 용서를 받아야 하는 게 맞아. 네놈의 말 한마디에 환자는 수백 번, 수천 번 절망에 빠진다는 거 몰라?"

"……."

"싫어? 그럼 내가 할까, 그 사과?"

"아, 아닙니다. 제가 가서 말씀드리겠습니다."

"기수야, 제발 부탁한다. 실수는 누구든지 할 수 있어. 내가 그 실수를 지적하려는 게 아니야."

"죄송합니다."

"실수를 감추려고 하지 마. 네 자신을 속이지 말라고."

"네에, 교수님, 죄송합니다."

고함 교수에게 한바탕 작살이 난 그. 결국, 유나를 만나 잘못을 인정해야 했다.

"환자분, 정말 죄송합니다. 제가 경솔했습니다."

천기수가 수차례 고개를 숙여 사죄했고.

"아니에요, 괜찮아요. 그럴 수도 있는 일이라고 생각합니다."

유나가 의외로 담담하게 천기수의 사과를 받아들였다.

그녀는 폐암이 아닌 것만으로도 지옥에서 돌아온 기분이었으리라.

❤

일주일 후, VIP 병실.

"교수님, 정말 감사합니다."

집중 치료와 시술을 통해 유나의 병은 완치 수준에 가까워졌다.

"아뇨, 의사로서 해야 할 일을 했을 뿐입니다. 그건 그렇고, 저희 의료진의 실수로 심려를 끼쳐 드려 죄송합니다."

의사가 실수를 인정한다는 것. 결코 쉬운 일은 아닐 터.

하지만 고함 교수는 모든 책임이 자기에게 있음을 밝혔다.

분명 내가 믿고 존경할 만한 분이이셨다.

"아뇨, 아뇨, 괜찮습니다. 암이 아닌 것만으로도 얼마나 다행인지 몰라요. 저, 요 며칠간, 많은 걸 느꼈어요."

"그랬습니까?"

"네, 정말 열심히 살아야겠구나. 후회 없는 삶을 살아야겠다고요. 교수님, 정말, 정말 감사합니다."

유나가 진심을 담아 감사의 말을 전했다.

"아닙니다. 저한테 감사할 일이 아니라, 하시려면 옆에 있는 김윤찬 선생한테 하셔야 할 것 같네요."

"네?"

"김윤찬 선생 아니었으면, 자칫 암으로 오인할 뻔했으니까요. 김 선생이 끝까지 환자분을 포기하지 않고, 이 병을 찾아낸 겁니다. 전, 생각도 못 하고 있었거든요."

"정말요?"

"물론이죠."

"선생님! 정말, 정말 감사합니다. 선생님이 제 생명의 은인이네요!"

유나가 감격에 겨워 내 손을 덥석 잡았다.

"아, 아니에요. 그냥, 의사로서 할 일을 했을 뿐입니다."

"아니에요. 선생님 아니었으면, 저 어쩌면 더 이상 노래 못 부를 뻔했어요. 제 생명과도 같은 노래를요!"

"네, 아직 100% 완치가 된 상태는 아니니까, 퇴원하셔도 약 잘 챙겨 드십시오."

"네, 알았어요! 선생님, 소원 같은 거 있으면, 말씀해 주세요. 제가 뭐든 들어드릴게요! 은혜에 보답하고 싶어요."

유나가 양손을 모았다.

"아뇨, 괜찮아요."

"에이, 저 편하자고 그러는 거예요. 저 평생 마음에 짐을 담아 두고 싶지 않거든요."

"그런가요? 그렇다면 뭐, 나중에 공연이나 직접 볼 수 있게 해 주시면 좋겠네요."

"호호호, 그게 뭐 어렵나요? 선생님만을 위한 공연도 할 수 있는걸요."

"그럴 필요까진 없고요."

다행이었다.

만약 폐암으로 오진해 오른쪽 폐를 제거했더라면, 천상의 목소리를 더 이상 들을 수 없었을 아찔한 순간이었다.

그리고 금요일, 심장병 어린이를 위한 희망 콘서트 당일이 찾아왔다.

이택진 녀석이 잔뜩 화가 난 얼굴로 당직실로 들어왔다.

"왜 얼굴이 심술로 가득 찼냐?"

"아놔, 미치겠다. 우리가 도대체 의사냐 뭐냐? 무대 세팅까지 우리가 다 해야 해? 희망 콘서트가 아니라 고문 콘서트야, 완전히."

"비약이 좀 심한데?"

"안 심해! 해도 해도 너무한 거 아냐? 오늘 캠브리지에서 실사단이 온다더라. 투자 유치를 받아 내려고 꼭 이렇게 동원령을 내려야 되냐?"

"투자 유치?"

"그래, 인마. 캠브리지에서 극동 지역의 전략적 거점으로 우리 병원하고 일본에 마쓰이 병원을 놓고 저울질이래. 그래서 잘 보이려고 애들도 강제로 동원한 거 아냐?"

소아 심장병 센터 건립 지원 때문에 캠브리지 의대에서 실사가 나온 모양이었다.

"그런 일이 있었군."

"괜히 이번 콘서트가 열리는 게 아냐. 그 양반들이 심장병 어린이들을 각별히 생각하고 있다더라. 그래서 이 난리를 친 거야. 잘 보이려고."

"그랬구나."

"어, 솔직히 이게 무슨 강제 동원, 박수 부대도 아니고 아픈 애들 데리고 뭐 하는 짓인지. 솔직히 부모님들한테도 미안하더라."

"그러게."

"그나저나 특별한 일 없으면 노가다 뛰러 같이 가자. 젠장, 하루라도 빨리 따까리 생활 청산해야 할 텐데."

"인마, 이유야 어떻든 아이들이 즐거워하면 되는 거잖아. 답답한 병실을 벗어나 좋은 음악 들으면 좋지. 녀석들이 잔뜩 들떠 있던데?"

"그거야 뭐, 워낙 사람이 그리운 녀석들이라 그런 거지."

이택진이 입을 삐죽거렸다.

"빨리 가기나 하자."

"그래."

현재 시각 오전 10시, 예정된 콘서트가 열리기 3시간 전이었다.

"야! 니덜 빨리 내려와! 우리 완전 X 됐다!"

천기수가 거칠게 문을 열고 들어왔다.

"지금 내려가려고 했습니다!"

이택진이 스프링처럼 자리에서 튀어 올랐다.

"됐고, 완전 망했어! 오늘 서울시향이 공연을 못 하게 됐어. 젠장!"

"네? 그게 무슨?"

"시팔, 나도 모르겠어, 단체로 식중독에 걸려서 병원에 실려 갔대."

"정말요?"

"내 말이 장난 같아 보이냐? 당장 해결하라고 위에서 난리야. 야, 너희들 아는 관현악단 있어?"

"제가 아는 관현악단이라곤 파랑새밖에……."

이택진이 뒷머리를 긁적거렸다.

"파랑새? 거기 유명한 데야? 섭외할 수 있어?"

"섭외야 어렵지 않은데."

"그러면 당장 모셔 와, 빨리!"

"선생님, 파랑새는 우리 병원 자체 동아리입니다."

"이택진이 너, 뒈질래?"

천기수가 잡아먹을 듯 송곳니를 드러냈다.

"죄송합니다."

"아무튼, 어떡하든 관현악단 데리고 와야 해. 안 그러면 우린 다 같이 죽는 거야. 알았어?"

"아니, 갑자기 어디서 관현악단을 데리고 옵니까?"

"몰라, 나도. 어떡하든 구해 와."

"……."

"뭐 해, 당장 튀어 나가지 않고?"

"네, 알겠습니다."

"뭐야, 지금 당장 어디서 관현악단을 구해 오냐?"

승강기에 올라탄 이택진이 투덜거렸다.

"그러게 말이다."

"돌겠네. 인디 밴드 쪽이라면 어떻게 해 보겠는데, 클래식에 클 자도 모르는데 어떡하지?"

"뭐, 할 수 없지. 일단, 악단에 전화부터 돌려 보자. 어디 하나 걸리겠지."

"그래, 알았다. 이게 무슨 날벼락이냐? 탱크 몰고 본진 들어갔다가 개떼 같은 저글링 부대 만났을 때도 이렇게 당황하진 않았어, 젠장!"

"어, 윤찬 쌤!"

위잉.

승강기를 타고 내려오는데, 때마침 유나가 대기하고 있었다.

"유나 씨?"

이택진이 녀석이 나보다 더 그녀를 반겼다.

"어, 쌤도 안녕하셨죠?"

"물론이죠. 전부 유나 씨 덕분입니다."

"인마, 그게 무슨 논리냐?"

"야, 유나 씨가 건강을 되찾아서 천상의 노래를 들을 수 있게 돼 마음의 위안을 찾을 수 있었으니까, 그 덕분이지. 안 그래요, 유나 씨?"

"호호, 그렇게 봐 주셔서 감사합니다."

유나가 환하게 웃었다.

"하여간, 넌 못 말리겠다. 그나저나 병원에는 어쩐 일로?"

"약 타러 왔어요. 아무래도 장기간 외국에 나가 있을 것 같아서요."

"아, 저도 소식 들었어요. 홍콩에 가신다고요."

"네, 맞아요. 오늘 밤 비행기로 떠나요. 그나저나, 어딜 그렇게 바삐 가세요? 시간 괜찮으시면 쌤이랑 밥이나 한 끼 하려고 했는데. 밖에 있는 차에서 우리 멤버들도 기다리고 있거든요. 쌤한테 인사드리고 싶다고."

"네, 좋습니다. 앞장서세요. 갑시다!"

이택진이 녀석이 톡 불거져 나왔다.

"야, 유나 씨가 널 보러 온 거 아니거든! 너, 지금 이러고 있을 시간 없을 텐데? 빨리 총무과에 가 봐야 하지 않냐?"

"유, 유나 씨, 진짜 이 녀석 말이 맞나요?"

녀석이 최대한 불쌍한 표정을 지었다.

"아, 그게……."

망설이는 그녀.

"하아, 알겠습니다. 뭐, 제가 괜히 설레발을 떨었군요. 죄송합니다. 소인은 이만."

"아, 아니에요, 택진 쌤도 같이 가요."

"정말요?"

녀석이 반색하며 좋아했다.

"야, 너, 히드라한테 압살당하고 싶어서 그래? 지금 시간 없는 거 몰라?"

"아씨, 가면 되잖아."

"빨리 먼저 가 있어. 나, 유나 씨랑 잠깐만 얘기하고 따라 갈 테니까. 나도 밥 먹을 시간은 없어."

"알았어, 인마! 유나 씨, 제가 못 가서 아쉽겠지만 다음 기회를 한번 잡아 봅시다. 네?"

"호호호, 그래요, 쌤!"

녀석이 아쉬움을 달래며 총무과 쪽으로 발길을 돌렸다.

"유나 씨, 저도 같이 식사하고 싶지만, 오늘은 안 될 것 같은데 어쩌죠?"

"그래요? 무슨 일이 있나 봐요?"

"아, 네. 별거 아니에요. 식사는 나중에 하시죠."

"아, 네. 정말 아쉽게 됐네요."

"그럼 전 이만 가 보겠습니다."

"네에. 윤찬 쌤, 잠시만요!"

발길을 돌리려는 순간, 유나가 발걸음을 멈춰 세웠다.

"네?"

"병원 오다 보니까, 로비에 무대가 만들어져 있던데, 혹시 그것과 연관된 건가요?"

유나가 황급히 내게로 다가왔다.

"맞아요. 근데 그게 문제가 좀 있어서요."

"어떤?"

"아, 연주하기로 한 관현악단한테 문제가 생겨서 공연을 할 수 없을 것 같아서요. 지금 그것 때문에 병원에 난리가 났거든요."

"아하, 그랬구나. 좀 전에 어떤 분이 공연 취소 어쩌고 하는 걸 들었어요."

"네, 그래서 어떡하든 대타를 구해야 하거든요."

"대타요? 그걸 왜 구해요?"

"네?"

"저희가 하면 되잖아요, 그 공연!"

"네? 유나 씨는 오늘 홍콩으로 출국한다고 하시지 않았나요?"

"네, 맞아요. 근데 그게 문제가 되나요, 밤에 가는 건데?"

"진짜 그게 가능해요?"

걸스시대라면 서울시향 연주와는 비교도 할 수 없을 만큼 아이들이 좋아할 것이 틀림없었다.

물론, 병원 측에선 어떨지 모르겠지만.

"그럼요! 좋은 의미의 공연인데, 저희도 한몫 거들어야죠."

"아, 정말 그렇게만 된다면 저희야 너무 좋죠. 그런데 정말 괜찮겠어요?"

"그렇다니까요."

"알겠습니다. 그러면 일단 교수님께 말씀드려 볼게요."

"네, 그럼 얼른 교수님께 말씀드리세요. 저도 매니저 오빠랑 상의해 볼게요."

"네, 알겠습니다. 말씀드리고 바로 연락드릴게요."

"네, 전화 줘요. 제 번호 알죠?"

"그럼요."

💜

"교수님, 제가 지금 유나 씨를 만났는데……."

김윤찬은 전화를 걸어 고함 교수에게 자초지종을 설명했고 그는 즉시 원장실을 찾았다.

원장실.

"어떻게 됐습니까, 고 교수."

"아무래도 클래식 연주회는 불가능할 것 같습니다. 대타를 구하기엔 시간이 너무 촉박해요."

"뭐라고요? 그럼 어떻게 합니까? 이제 1시간밖에 안 남았는데? 이미 취재진도 와 있고, 곧 있으면 캠브리지 실사단일행도 도착할 텐데."

아이들의 실망은 안중에도 없는 장태수 원장이었다.

"원장님, 혹시 다른 분들을 무대 위로 올리는 건 어떻겠습니까?"

"다른 분들? 서울시향을 대신할 관현악단을 구할 수 없다면서요?"

장태수 원장이 초조한지 자주 입술에 침을 묻혔다.

"그게 아니고, 걸스시대라고 걸 그룹이 있는데, 고맙게도 오늘 무대에 설 수 있다고 하네요."

"걸 그룹이라고요?"

"네, 워낙 유명한 그룹이라 섭외가 쉽지 않은 분들인데, 자발적으로 무대에 서겠다고 하네요. 우리 아이들도 엄청 좋아할 거예요."

"고 교수, 지금 장난합니까?"

180도 바뀌는 안색. 못마땅한지 장태수 원장의 눈썹이 꿈틀거렸다.

"네? 그게 무슨?"

"미쳤어요? 점잖은 사람들이 옵니다. 어떤 사람들인지 몰라서 그래요? 다들 클래식 공연한다고 기대하고 있는데 딴따라 공연을 한다고요? 병원 개망신시킬 일 있습니까? 우리나라에서나 걸스시대가 유명하지 영국에서도 유명하답디까?"

"원장님! 이 공연, 우리 어린이 환자들을 위한 희망 콘서트 아닙니까? 그러면 아이들이 좋아하는 걸 해야죠."

"병원을 위하는 것이 아이들을 위하는 거죠. 어린이 심장병 센터는 어른들을 위한 게 아니잖아요?"

"아이들을 위한 것이라면 문제 될 것 없네요. 우리 아이들은 서울시향 공연보다는 유나 씨를 더 보고 싶어 할 테니까요."

"그게 아니라, 이미 관련 자료도 다 나간 상태에서 이게 무슨? 기자들도 다 와 있는데."

"오히려 잘됐네요. 그 기자들이 서울시향에 관심이 있겠습니까, 한류 열풍의 주역인 걸 그룹에 더 관심이 있겠습니까? 병원 홍보 차원에서도 어찌 보면 더 나을 겁니다."

"말도 안 되는 소리! 차라리, 원내에서 연주단을 꾸려 보는 것이 어떻겠소. 지난 크리스마스 때 보니, 제법 잘했던 거 같던데."

"그건 더 힘들죠. 연습도 안 돼 있고, 다들 일하느라 바쁜데 지금 1시간 남겨 놓고 그게 가능하겠습니까?"

"미치겠네. 그럼 어떻게 하라는 거야? 클래식 공연한다고 주요 인사들에게 초청장도 보냈는데, 딴따라가 뭐야?"

장태수 원장이 안절부절못해 발을 동동 굴렀다.

"걱정 마십시오. 그 사람들 내숭 떠느라고 그러지, 걸 그룹이 공연한다고 하면 속으로 만세를 부를 겁니다."

"미치겠네."

"원장님, 억만금을 준다 해도 모시기 힘든 사람들인데, 돈 한 푼 안 받고 자발적으로 무대에 서겠다는데 뭐가 문제입니까?"

"정말, 괜찮겠소?"

"그럼요. 장담컨대 훨씬 좋은 결과가 나올 겁니다."

"어떻게 해야 해?"

'에잇, 이게 무슨 개망신이야!'

장태수 원장이 구시렁거렸다.

"원장님!"

"좋소, 고 교수가 알아서 해. 당신 맘대로 하는데, 문제가 생기면 그 모든 책임은 고 교수가 지십시오."

"네. 그러면 허락하신 걸로 알고 공연 진행하겠습니다."

"교수님, 어떻게 됐습니까?"

고함 교수가 원장실에서 나오자 대기하고 있던 이택진이 득달같이 달려갔다.

"뭐가 어떻게야, 하는 거지. 윤찬 선생은 빨리 유나 씨한 테 전화해."

"야호! 윤찬아, 너도 들었지?"

"물론이지. 네가 들었는데, 내가 못 들었을까?"

"세상에, 마상에. 걸 그룹이 우리 병원에서 공연을 하다 니. 우리 민석이 유나 광팬인데, 진짜 좋아하겠다. 영민이, 지은이도!"

"야, 내가 보기엔 네가 더 좋아하는 거 같은데?"

"당연하지. 이런 횡재를 어디서 누려 보냐? 세상에, 우리 병원에서 걸스시대 공연이라니!"

이택진이 믿을 수 없다는 듯이 혀를 내둘렀다.

"뭘 그렇게 꾸물거려! 시간 별로 없는데, 빨리 공연 준비하지 않고."

고함 교수가 자신의 손목시계를 톡톡 건드렸다.

"네네, 알겠습니다, 교수님!"

난 즉시 유나에게 전화를 걸었다.

"유나 씨, 우리 공연 허락받았어요."

－정말요? 알았어요. 바로 대기실로 갈게요.

"정말 감사합니다. 그나저나 무대가 초라한데 괜찮겠어요?"

－호호호, 사랑스러운 꼬마 관객들이 있는데, 초라하긴요. 세상 그 어떤 공연보다 화려하고 감동적인 무대가 될 것 같아요. 벌써부터 떨리는데요?

"게다가 사회자도 없는데."

－걱정 마세요, 쌤! 우리 매니저 오빠가 그런 거 잘해요.

－뭐? 나보고 사회를 보라고?

－당연하지. 오빠 아니면 누가 사회를 봐? 쌤들한테 하라고 할까?

－그, 그래, 알았다, 알았어.

멀리서 매니저의 볼멘소리가 들려왔다.

"아무튼, 너무 감사해요, 유나 씨!"

－감사하긴요. 사랑스러운 아이들을 위한 건데요. 그리고 쌤을 위한 것이기도 하고요.

-어머! 유나 얘, 목소리 좀 봐!

-그러게, 아무래도 수상해? 이러다가 썸 타는 거 아니니?

-왜? 질투하니? 잘생긴 의사 선생님이라서?

"유나 씨?"

흠흠, 나도 모르게 헛기침이 나왔다.

-네, 쌤!

"시간이 없으니까, 빨리 무대 뒤 대기실로 오세요. 저도 바로 갈게요."

-네네, 알았어요. 바로 출발할게요.

이제 남은 시간은 30여 분!

실사단이 병원에 도착할 시간이었다.

"교수님, 드릴 말씀이 있습니다."

한상훈 교수가 잔뜩 붉어진 얼굴로 고함 교수를 찾아왔다.

"말해 봐."

"걸 그룹 공연을 하신다고요?"

"그래, 지금 원장님한테 허락받고 오는 길이야."

"교수님은 매사가 이런 식이십니다!"

"뭐라고?"

"너무 즉흥적이시지 않습니까? 이번 행사가 우리 흉부외과에 얼마나 중요한지 모르십니까?"

"잘 모르겠는데?"

"백억이 걸린 이벤트입니다."

"그런 건 잘 모르겠고, 우리 아이들이 좋아하면 그만이야."

"하아, 교수님! 지금 우리 흉부외과가 얼마나 재정난에 시달리고 있는 줄 아십니까? 장비들도 전부 노후하고, 메스 하나 켈리 하나 제대로 된 게 없다고요. 이번에는 진짜 캠브리지 투자 유치를 받아 내야 합니다."

"이번에는? 그게 무슨 뜻이지?"

"지난번에도 교수님이 다 된 밥에 코 빠뜨리지 않으셨습니까! 허리 좀 굽히면 어떻습니까? 아니, 시쳇말로 잠시 굽신거리는 게 그렇게 어렵습니까?"

한상훈 교수가 작심한 듯 악다구니를 부렸다.

"지금 자네 선 넘고 있는 거야, 그만하지."

"아뇨, 좀 더 해야겠습니다. 아이들 동원하면 좀 어떻습니까? 보여 주기 좀 하면 또 어때요? 그렇게 해서 받은 돈으로 치료 환경 개선하면 환자들에게 더 이로운 것 아닙니까?"

"한심한 인간!"

"말이 지나치십니다, 교수님!"

"너, 지금부터 내 말 잘 들어. 원장을 믿는 거야? 네 말대로 왜 우리 흉부외과에 제대로 된 메스 하나 켈리 하나 없는 줄 알아?"

"무슨 말씀을 하시는 겁니까?"

"병원에 돈이 없어서 그런 줄 알아? 지원을 못 받아서?"

"……."

"아니지. 세바스찬병원 재단 연간 예산이 얼마나 되는 줄 알아? 돈이 없어서가 아니야. 흉부외과는 돈이 안 돼. 소아 심장병 센터도 허울 좋은 구실일 뿐이야. 원장은 절대 흉부 외과에 지원 안 한다! 그 돈은 우리 몫이 아니야."

"그게 무슨 억지십니까? 분명, 캠브리지는 소아 심장병 센터를 건립해 준다고…….."

"넌 그래서 아직 멀었어. 눈은 있는데 귀는 없지. 눈에 보이는 것만이 다가 아니야. 때론, 눈을 감고 귀로 들어 봐, 어떤 소리가 들리는지."

"아뇨, 전 어떡하든 이번 지원금을 흉부외과로 가져올 겁니다. 두고 보십시오, 수단과 방법을 가리지 않을 거니까요."

"그래, 힘닿는 데까지 해 봐. 아무튼 난 공연 보러 가야 할 것 같은데, 자넨 안 갈 텐가?"

"됐습니다! 클래식 콘서트 한다고 사방팔방 홍보해 놨는데, 이게 지금 말이 됩니까?"

"그럼 관두시게, 난 즐길 테니까."

'두고 봐. 반드시 오늘의 수모는 배로 갚아 줄 테니까.'

한상훈 교수가 어금니를 악다물었다.

쿵, 쾅, 쿵쾅, 쿵쾅.

드디어 시작된 공연.

묵직한 드럼 소리가 1층 로비를 가득 메웠다.

암전이 걷히고 한 남자에게 핀 조명이 떨어진다.

"안녕하세요!"

걸스시대의 매니저 박윤성이 마이크를 들고 나왔다.

짝짝, 짝짝!

"안녕하세요!"

"반갑습니다!"

"네. 반가워요!"

휠체어에 앉아 있는 아이, 가슴에 페이스메이커를 삽입한
아이.

거미줄처럼 링거 줄이 온몸을 휘감고 있는 아이.

포도 사탕을 먹은 듯 입술이 파란 아이까지.

하나같이 가슴이 성치 않은 아이들이었으나, 표정만큼은
한없이 해맑았다.

반면에 그들과 함께 앉아 있는 부모들의 표정은 정반대로
어둡기 그지없었다.

30여 명의 관객들.

소아병동에서 차출된 아이들과 그들의 부모들이었다.

"우리 어린이들, 만나서 반가워요!"

"네, 반가워요!"

녀석들이 참새처럼 짹짹거리며 목청을 돋워 소리쳤다.

노란 병아리 같은 녀석들. 고사리 같은 손을 흔들며 외로움을 달랬다.

언제나 사람이 그리운 아이들. 클래식이라곤 아는 곡 하나 없지만, 그저 자기들을 위해 누군가가 온다는 것만으로도 행복했다.

"우리 어린이들의 씩씩한 목소리를 들으니, 저도 힘이 나는군요, 뽀빠이처럼."

하하하.

사회자가 양팔을 들어 불끈거리자, 여기저기서 웃음소리가 터져 나왔다.

그저 시답잖은 행동 하나에도 환하게 웃어 줄 수 있는 그런 천사 같은 아이들이었다.

"오늘 여기 누가 왔을까요? 알아맞혀 보세요!"

사회자가 관객석을 향해 귀를 기울였다.

"피아노요!"

"바이올린!"

"아니야, 첼로."

"관현악단이요!"

대부분의 녀석들은 악기 이름을 댔지만, 제법 눈치 빠른 녀석들도 있었다.

"녀석들, 이 와중에 유나가 나오면 완전 뒤집어지겠지?"

큭.

무대 뒤에서 그 모습을 지켜보던 귀남이가 내 옆구리를 찔렀다. 녀석도 소아과에서 이번 행사에 지원 차출되었다.

"그러게 말이야. 아마, 상상도 못 하고 있을 거야. 걸스시대가 나올 줄 어떻게 알겠어?"

"진짜, 저 녀석들 이렇게 환하게 웃는 걸 보니 나도 기분 좋다. 이렇게 좋아하는데, 진즉에 이런 행사 좀 기획해 볼걸. 그치, 윤찬아?"

귀남이가 눈을 비비며 아쉬워했다.

"그러게 말이야. 그게 클래식이든 통기타 연주든 무슨 상관이겠어. 그저 녀석들 옆에 있어 주는 것만으로도 위안이 될 거야."

"맞아, 녀석들이 저렇게 좋아하는 건 처음 봐."

귀남이가 눈물을 글썽거렸다.

"아, 그래. 아무튼 녀석들, 곧 있으면 난리 나겠네."

"그치! 나도 이렇게 가슴이 뛰는데."

후우, 김귀남이 호흡을 가다듬었다.

이렇게 순해 빠진 놈이 어떻게 그리 독해진 걸까?

눈물까지 글썽이며 아이들을 바라보는 김귀남의 눈빛은 더할 나위 없이 선해 보였다.

"쌤, 우리 이제 준비 다 됐어요."

그 순간, 무대 뒤에서 준비 중이던 유나와 그녀의 멤버들이 오케이 사인을 보냈다.

"네, 알겠습니다."

그 사인을 받은 택진이가 MC에게 수신호를 보냈다.

"네, 알겠습니다."

드디어 시작되는 그녀들의 화려한 공연. 웅장한 드럼 소리가 공연장을 가득 메웠다.

"자, 그러면 여러분들이 그토록 기다리던 환상적인 공연을 시작하겠습니다. 어린이 여러분! 무엇을 기대하든 그 이상일 테니, 엄마, 아빠 손 꼭 잡고 마음 단단히 먹으세요!"

"네!!"

로비가 떠내려갈 듯 우렁찬 목소리. 녀석들의 눈동자가 초롱초롱했다.

잠시간의 암전.

드디어 시작된 공연.

짜릿한 전자음과 함께 인트로가 흘러나왔다.

희망을 말해 봐~봐~봐!
희망을 말해 봐~봐~봐!

암전을 뚫고 나오는 MR. 서서히 걸스시대 멤버들의 실루

엣이 나타나기 시작했다.

"와, 걸스시대, 희망을 말해 봐다!"

눈치 빠른 걸스시대 찐팬, 민석이 녀석이 흥분해 자리에서 벌떡 일어났다.

"에이, 민석아, 그게 말이 돼? 걸스시대가 여길 왜 오니?"

민석이 엄마가 흥분한 아이의 팔을 잡아당겼다.

"걸스시대 누나들 노래 맞는데?"

"그래, 맞긴 한데, 관현악단이 걸스시대 노래를 연주하려는 거야."

"아닌데, 맞는데."

그 누구도 무대 위에 걸스시대 멤버, 여덟 명이 오를 것이라고는 상상도 못 했으리라.

조금씩 조명이 밝아지고 유나를 비롯한 멤버들이 모습을 드러내기 시작했지만, 그때까지도 그녀들을 걸스시대라고 생각하는 사람들은 단 한 명도 없었다.

"어, 엄마! 저기, 저기! 유나 언니 아냐?"

영민이도, 지은이도 자리에서 일어나 손가락을 들어 그녀들을 가리켰다.

"에이, 무슨 소리! 그럴 리가 없잖아. 아마, 병원 간호사 선생님들이 특별 공연을 하려나 보지."

그 순간, 조명이 환하게 밝아지고 등장하는 여덟 명의 그녀들. 분명 걸스시대의 멤버들이었다.

"와, 진짜 걸스시대처럼 분장했네?"

"하하하, 정말 그러네. 나름 준비 많이 했는데?"

아이들의 엄마, 아빠 들은 여전히 병원 측에서 준비한 특별 공연으로 알 수밖에 없었다.

"아냐, 엄마. 저 누나들 걸스시대 맞아!"

"에이, 말도 안 돼. 걸스시대가…… 어? 어? 저, 정말이네?"

사람들의 눈동자가 부풀어 오르기 시작했다.

나를 봐 난 너의 큐피트 ♬♪

너의 꿈이야. 너의 사랑이야 ♩ ♬

점점 뚜렷해지는 그녀들의 모습. 그리고 경쾌한 리듬에 묻어나는 그녀들의 청아한 목소리.

비스듬히 줄을 맞춰 칼군무를 시작하는 그녀들.

아이들을 향해 손을 뻗어 손가락을 접으며 손짓을 했다.

분명, 그녀들은 걸스시대가 틀림없었다.

"까악! 걸스시대다!"

"어머, 어머, 진짜야! 진짜, 유나잖아?"

"거봐 엄마, 내 말이 맞잖아!"

"그러게? 도대체 이게 어떻게 된 거야?"

여전히 믿을 수 없다는 듯, 눈이 휘둥그레지는 아이들과 그들의 부모들이 모두 자리에서 일어났다.

와! 와! 와!

떠내려갈 듯, 터져 나오는 함성 소리. 한마디로 흥분의 도가니였다.

하나둘씩 사람들이 몰려들었고.

아무런 관심 없이 무심코 지나쳤던 사람들이 술렁거리기 시작했다.

♥

같은 시각, 병원 정문.

장태수 원장과 고함 교수, 그리고 여러 교수들이 도열해 캠브리지 실사단을 맞을 준비를 하고 있었다.

"부원장, 실사단은 언제 도착한다고 했지?"

장태수 원장이 초조한 듯 손목시계를 내려다봤다.

"네, 통화했는데, 곧 도착한다고 합니다."

"하아, 그나저나 시끄러워 죽겠네. 괜찮을까? 부원장, 차라리 인근 호텔에서 맞을 걸 그랬나?"

신나게 울리는 리듬과 걸스시대의 노랫소리에 흥겨워하는 사람들. 하지만 장태수 원장의 심기는 불편해 보였다.

"아뇨, 그건 좀 모양새가 빠지는 것 같습니다."

"그런가?"

"네, 도착하시면 되도록 빨리 컨퍼런스룸으로 모시고 가면 될 것 같습니다."

"그래, 아무래도 그게 낫겠지? 그나저나 PT 준비는 다 된 건가?"

"네, 실사단이 충분히 만족하실 만한 내용일 겁니다."

"그래, 좋아."

그 순간, 검정 세단이 보이기 시작했고, 곧 속도를 줄여 정문에 다다랐다.

"안녕하십니까?"

차에서 내린 실사단장 제이든이 장태수 원장에게 인사한 후, 악수를 청했다.

"네, 어서 오십시오. 이렇게 우리 병원을 찾아 주셔서 감사합니다."

장태수 원장이 최대한 예의를 갖춰 그에게 인사했다.

"환대해 주셔서 감사합니다."

"아닙니다. 귀한 손님이 오시는데, 당연히 저희가 맞이해야죠."

"저, 그렇게 귀한 손님 아닙니다. 그나저나 이건 무슨 소리죠? 음악 소리 같은데?"

그가 미간을 좁히며 들려오는 음악 소리에 귀를 집중했다.

"별거 아닙니다. 신경 쓰지 마시고 안으로 들어가시죠. 실사단을 위해 PT 준비를 다 해 놨습니다."

장태수 원장이 제이든의 허리를 감싸 안으며 들어가기를
재촉했다.

"아뇨, 잠깐만요. 분명, 걸스제너레이션의 곡 같은데?"

제이든이 장태수 원장의 손을 뿌리쳤다.

얼굴 빨개지니 그렇게 보지 마요 ♩

정말이니 흘려듣지 말아요 ♪

또 한심한 말뿐야 ♩

걸스시대의 히트곡 'Wow!'였다.

제이든 단장이 흘러나오는 노랫소리에 귀를 쫑긋 세웠다.

"좀 전에 말씀드렸듯이 심장병 아이들을 위한 공연이 좀
있어서 걸 그룹을……."

"정말입니까? 걸스제너레이션이라고요?"

제이든 단장의 눈동자가 부풀어 오르기 시작했다.

"아이고, 죄송합니다. 괜히 신경 쓰이게 해 드린 것 같아
서. 일단, 준비한 다과라도……."

장태수 원장이 어쩔 줄 몰라 식은땀을 흘렸다.

"아뇨! 다과는 관심 없어요, 저 공연을 보고 싶습니다!"

제이든은 흥분한 어조로 목소리 톤을 높였다.

"네? 그, 그게 무슨 말씀이신지?"

"와우! 이렇게 깜짝 쇼를 보여 주려고 클래식 콘서트라고

하셨던 거군요? 저, 클래식은 별로라 시큰둥했었는데, 이거 완전 미쳤습니다!"

"네? 아, 네."

예상치 못한 상황에 장태수 원장이 말을 더듬거렸다.

"정말, 이 병원 대단합니다! 아이들을 위해서 저 유명한 걸 그룹을 초청한 것 아닙니까? 뉴스 보니까, 오늘 홍콩에 간다고 하던데, 이게 말이 되는 겁니까? 이게 꿈이야, 생시야?"

제이든 단장이 침을 튀겨 가며 흥분했다.

"실례가 되지 않는다면 저 공연을 보고 싶군요."

"네? 진심이십니까?"

장태수 원장이 토끼 눈을 뜨며 의아해했다.

"물론이죠. 우리 아이들이 무척이나 좋아하는 뮤지션입니다. 물론, 저도 열성 팬이고요."

"저, 정말이십니까? 영국에서도 저 그룹이 인기가 있습니까?"

"이상하군요. 너무나 당연한 걸 왜 되묻는 거죠? 최고의 뮤지션들인데? 게다가 심장병 아이들을 위한 공연이지 않습니까? 이거, 세바스찬병원 측에서 기획하신 거 아닌가요?"

제이든 단장이 고개를 갸웃거렸다.

"무, 물론이죠. 그러면 저희들이 앞쪽에 자리를 마련토록 하겠습니다. 부원장!"

"아뇨, 괜찮습니다. 그냥 조용히 감상하고 싶네요. 이 홀륭한 공연을 망치시려는 건가요?"

"네?"

"뮤지션들이 한창 공연에 열중하고 있을 텐데, 방해해서 되겠습니까? 게다가 꼬마 신사, 숙녀 관객들이 즐겁게 즐기고 있는 공연이지 않습니까?"

"그럼 어떻게?"

"저는 제 수행원과 함께 조용히 공연을 감상하고 싶은데, 그래도 되겠습니까?"

"아, 네. 당연하죠. 물론, 그렇게 하셔도 됩니다."

장태수 원장이 머쓱한지 이마를 긁적거렸다.

"네, 고맙습니다."

"아, 네."

장태수 원장은 당혹감을 감출 수 없었다.

"들어가시죠."

"네에, 그렇게 하시죠. 저희는 4층 컨퍼런스룸에서 대기하고 있겠습니다."

"원장님은 저 멋진 공연을 안 보실 겁니까? 제 상식으로는 이해하기 힘든데요? 아마 영국이었으면 난리가 났을 겁니다."

제이든이 고개를 갸웃거렸다.

"교수님, 가시죠."

"그래요. 빨리 갑시다."

제이든 단장이 수행원과 서둘러 병원 로비로 향했다.

"어떡하죠, 원장님?"

"뭘 어떡합니까? 젠장, 우리도 같이 가야죠."

"네, 알겠습니다."

그 모습에 장태수 원장 일행이 황급히 뒤를 따랐다.

공연장은 어느새 많은 사람들이 몰려와 가득 차 있었다.

"이쪽에 자리라도 마련할까요?"

"쉿! 아니요. 괜한 티 내지 맙시다. 전 여기 서서 조용히 공연을 즐기겠습니다."

"아, 네."

어색한 듯 선 장태수와 그의 일행. 엉거주춤한 자세로 맨 뒤쪽에 자리했다.

어린아이처럼 천진난만한 얼굴로 공연을 즐기는 제이든 단장.

놀랍게도 걸스시대의 안무를 따라 하는 것이 아닌가? 안무라고 하기보단 율동에 가까운 몸짓이었지만.

"지금 저 사람이 뭐 하는 거야?"

장태수 원장이 눈치를 보며 부원장에게 귀엣말을 전했다.

"그러게요. 저도 당혹스럽네요. 저 가수들 안무를 따라 하는 것 같은데요?"

"그걸 몰라서 물어요! 왜 저러냐는 거냐고, 당혹스럽게?"

"전들 알겠습니까?"

"원장님, 너무 심려치 마십시오. 어찌 됐건, 제이든이 좋아하고 있지 않습니까? 잘된 일 아닌가요?"

고함 교수가 장태수 원장에게 귀엣말을 전했다.

"듣고 보니 그럴 수도 있겠구먼."

마음에 손을 얹고 느껴 봐 ♪

요동치는 마음 너를 바라보는 내 눈빛을 ♫

잠시 후, 걸스시대의 마지막 엔딩곡이 흘러나오자, 제이든이 가사까지 중얼거렸다.

어눌한 발음이었지만, 제법 정확한 가사였다.

"미치겠네. 고 교수님, 이게 어떻게 된 일입니까?"

순환기내과, 박상철 교수가 소곤거렸다.

"그러게요. 저도 조금 당황스럽긴 하네요. 한류 열풍이 영국에서도 이렇게 대단할 줄은 꿈에도 몰랐어요. 정말 대단하단 말밖에는 할 말이 없네요."

"아무튼, 이런 걸 전화위복이라고 하나요? 원장이 하도 호들갑을 떨기에 무슨 일 난 줄 알았어요."

"그러게요."

"그건 그렇고, 저 걸 그룹은 어떻게 섭외한 겁니까? 쉽게 섭외할 수 없었을 텐데."

박상철 교수가 궁금한 듯 물었다.

"저 걸 그룹 리더, 유나의 말을 빌리자면, 우리 과에 생명의 은인이 있다고 하더라고요. 그 사람 때문이라는데요."

"그래요? 그게 누굽니까?"

"우리 과 전공의 중에 있습니다. 아주, 재밌는 친구죠, 하하하."

고함 교수가 호탕하게 웃었다.

그렇게 시간은 흘러, 공연이 마무리될 즈음.

앵콜, 앵콜, 앵콜!

로비를 가득 메운 사람들이 그녀들을 놓아주지 않았다.

마침내, 유나가 마이크를 집어 들었다.

"여러분, 즐거우셨어요, 헉헉?"

숨이 찼던지 유나가 헐떡거렸다.

"네에!"

녀석들이 참새들의 합창으로 화답했다.

"저와 멤버들도 여러분들과 함께 밤새도록 춤추고 노래하고 싶지만, 반드시 지켜야 하는 중요한 약속이 있어서요. 아쉽지만 오늘은 여기서 헤어져야겠네요."

하아.

이곳저곳에서 아쉬움이 잔뜩 묻어나는 탄식이 터져 나왔
다.

"너무 섭섭하게 생각하지 말아요. 약속할게요. 다시 한번
꼭 여러분들을 만나러 올게요!"

유나가 관객석을 향해 손을 흔들었다.

와! 와!

그러자 관객석에서 우레와 같은 함성이 터져 나왔다.

"저희들은 오늘 너무 행복했어요. 지금까지 해 왔던 공연
중에 최고였어요."

"저도요!"

"누나도 최고였어요!"

항상 그늘이 져 있던 아이들의 얼굴에 함박꽃이 피는 순간
이었다.

"네, 저희도 잊을 수 없을 거예요. 아! 여러분에게 소개하
고 싶은 사람이 있어요."

"누구요?"

"아마, 이분이 안 계셨다면, 오늘 이 무대는 없었을 거예
요. 여러분들도 잘 아시는 분이에요!"

"뭐야? 유나 씨가 나를 무대로 올리려나? 난, 아직 준비가
안 됐는데?"

무대 뒤, 이택진이 옷매무새를 단정히 하며 김칫국을 드링킹했다.

　"자, 그러면 여러분의 영원한 친구를 소개합니다."

　두두두둥!

　긴장감을 고조시키는 효과음.

　"흉부외과 김윤찬 선생님!"

　잠시 뜸을 들인 유나가 목소리 톤을 높였다.

　"헐, 내가 아니었어? 이게 말이 돼?"

　이택진이 양손으로 자신의 머리를 감쌌다.

　"……?"

　"윤찬아, 뭐 해? 빨리 튀어 나가지 않고."

　멍 때리고 앉아 있자, 귀남이가 내 등을 떠밀었다.

　"아, 알았어."

　나는 엉겁결에 무대 위로 떠밀려 올라갔다.

　"와, 윤찬 쌤이다!"

　"윤찬 쌤!"

　아이들이 환호성을 지르며 나를 맞아 주었다.

　"윤찬 쌤, 아이들한테 한마디 하셔야죠?"

　유나가 싱긋 웃으며 마이크를 넘겼다.

　"아아, 마이크 테스트! 마이크 테스트!"

　"하하하하!"

　"윤찬 쌤 얼굴이 토마토가 됐다!"

당황한 내 모습에 아이들이 즐거워했다.

"이렇게 무대에 올라오니 얼떨떨하네요. 공연 즐거우셨습니까?"

"네, 쌤! 너무너무 좋았어요!"

이토록 행복해하는 녀석들을 단 한 번도 본 적이 없었다.

"네, 저도 여러분들 덕분에 우리나라 최고의 뮤지션을 모실 수 있어서 좋았습니다. 유나 씨, 감사합니다. 무대도 초라하고 장비도 좋지 않는데."

난 유나에게 감사를 표했다.

"아니에요. 공연은 우리가 했지만, 감동은 저희가 더 컸어요. 지금까지 그 어떤 무대보다 오늘의 이 무대가 너무 좋았습니다. 이 모든 것이 윤찬 쌤 덕분이에요. 윤찬 쌤, 사랑해요!"

"와와, 사랑한대!"

"진짜 유나 누나가 윤찬 쌤을 좋아하나 봐!"

"유나 씨가 어떻게! 이런 천인공노할 만행을?"

이택진이 안타까운 듯 가슴을 쥐어뜯었다.

"결혼해! 결혼해!"

여기저기에서 튀어나오는 말도 안 되는 함성. 아이들이 짓궂은 표정으로 떼창을 했다.

"결혼해! 결혼해!"

덩달아 걸스시대 멤버들까지 따라 하지 않는가?

쥐구멍이라도 있었으면 숨고 싶은 심정이었다.

"그, 그런 건 아니고. 음, 오늘 공연 즐겨 주셔서 다행입니다. 전, 오늘 많은 걸 느꼈어요. 여태까지 여러분들은 환자고 저는 여러분들을 치료하는 의사라고만 생각했거든요."

"……."

그 순간, 관객석이 순식간에 조용해지기 시작했다.

"여러분들이 심장 수술을 받을 때도, 그 독한 약을 먹고 힘들어할 때도, 숨이 차 한 걸음, 한 걸음 발을 떼기 힘들 때도, 언제나 여러분들은 환자고 전 여러분들을 치료하는 의사일 뿐이라고, 그렇게 생각했습니다."

"……."

조금씩, 눈시울이 붉어지는 아이들과 그들의 부모들이었다.

"불쌍하다고 생각했어요. 전 빨리 치료해 줘서 낫게 해야 겠다는 사명감에 가득 차 있었습니다. 하지만, 오늘 그게 틀렸다는 걸 깨달았어요."

훌쩍훌쩍.

여기저기서 눈물 떨어지는 소리가 들렸다.

"여러분들은 그저 좀 달랐을 뿐입니다. 불쌍해할 이유가 없었던 거예요. 오히려 아픈 건 우리 어른들이었으니까요."

"이 새끼, 무슨 말을 저렇게 잘해? 재수 없게."

훌쩍, 이택진이 시큰해진 코를 잡고 훌쩍거렸다.

"우리 어른들의 가슴이 여러분들의 가슴보다 더 아파요. 욕심과 편견, 아집으로 우리 어른들은 병들어 있었던 것 같아요. 그런데 오늘 여러분들의 모습을 보고 치유받았어요. 정말 감사합니다! 오늘만큼은 여러분들이 저의 의사셨습니다!"

와! 와!

눈시울 잔뜩 붉어진 관객들이 울먹이며 함성을 질렀다.

♥

"원더풀! 정말 멋진 공연이었어! 훌륭한 뮤지션과 세상에서 제일 멋진 관객들. 그리고 최고의 의사가 저기 있었군요!"

수행원으로부터 모든 내용을 전달받은 제이든 단장이 엄지를 치켜세웠다.

"아, 네. 우리 병원 레지던트입니다."

이 기회를 놓칠세라 장태수 원장이 불거져 나왔다.

"그렇습니까? 정말 훌륭한 의사군요! 이런 의사가 있는 병원이라면 믿을 수 있을 것 같군요!"

제이든 단장이 입에 침이 마르도록 칭찬했다.

"그럼요! 저 친구뿐만 아니라, 우리 병원 의사들은 다 같은 생각으로 환자들을 진료하고 있습니다! 암요!"

"그래요? 정말 훌륭합니다! 대단해요!"

브라보!

제이든 단장이 감탄사를 연발하며 흥분을 감추지 못했다.

"그럼 공연은 끝났으니 안으로 들어가실까요? 저희들이 준비한 자료를 보셔야 할 텐데."

"물론이죠. 이런 의사들이 있는 병원이라면 당연히 관심을 가져야 하지 않겠습니까? 제가 수많은 병원을 다녀 봤지만, 지금처럼 감동적인 순간은 없었습니다."

"하하하, 과찬이십니다. 아무튼 들어가시죠."

"그럽시다. 그나저나 저 의사 선생을 한번 만나 보고 싶군요, 기회가 된다면."

제이든이 무대 위에 있는 김윤찬을 가리켰다.

"당연하죠. 여부가 있겠습니까? 고함 교수, 김윤찬 선생 당장 불러와요!"

"네, 알겠습니다."

"노노! 그럴 순 없죠. 제가 뭐라고 바쁜 사람을 오라 가라 하겠습니까? 나중에 정식으로 제가 자리를 마련해 초청하겠습니다."

제이든이 단호히 손을 내저었다.

"네, 알겠습니다."

"하하하, 오늘은 기분이 참 좋군요. 눈이 맑아지는 기분입니다. 너무 기분 좋아요!"

"저도 뿌듯합니다."

하하하, 장태수 원장의 웃음소리가 천장을 뚫을 기세였다.

엄마야!

그리고 며칠 후, 제이든 단장은 저녁 식사 자리에 나를 초대해 이런저런 환담을 나눴다.

"그래서 그 뮤지션들이 공연을 했던 거군요!"

난 걸 그룹 걸스시대가 공연하게 된 사연을 제이든에게 말해 주었다.

"네, 그렇습니다."

"아무튼 당신의 멘트는 너무나도 인상적이었습니다."

"과찬이십니다."

"아니에요. 우리 병원이 연희세바스찬병원에 투자를 긍정적으로 검토하기로 한 이유 중 하나이기도 했으니까요."

"아, 우리 병원이 거점 병원으로 선택된 겁니까?"

"뭐, 가능성이 높다는 정도만 말씀드리죠."

"잘됐군요. 그렇다면 제가 단장님께 부탁 하나 드려도 될까요?"

"말씀해 보세요, 뭐든."

"네. 외람된 말씀이지만, 만약에 캠브리지의 거점 병원이 설립되면, 그곳에서 일하는 의사들은 오로지 실력으로만 평가받을 수 있도록 도와주십시오."

"이해할 수 없는 말이군요. 의사가 평가를 받을 때, 실력 외에 다른 요소가 작용될 수 있는 겁니까?"

"네, 맞습니다. 정정당당하게 경쟁하고 실력을 키워, 그 능력을 인정받아야 하지만, 유감스럽게도 우리 병원은 그렇지 못합니다."

"그게 무슨 말씀이십니까? 좀 더 자세히 말씀해 주십시오."

"현재, 우리 병원 흉부외과에는 타 학교 출신들이 정교수로 임용된 케이스가 전무합니다. 물론, 타 과도 사정은 크게 다르지 않고요. 아무리 실력이 좋아도 타 학교 출신이면 넘어야 할 허들이 너무도 높죠. 아니, 좀 심하게 말하면 불가능한 상황입니다."

"넌센스! 말도 안 되는 소립니다. 교수 임용에 실력 외적인 요소가 반영되다니요?"

"네, 그 말도 안 되는 일들이 우리 병원에서는 정통성이란

미명하에 관행처럼 자리 잡고 있습니다. 그래서 부탁드립니다. 저와 같은 타 학교 출신 의사들도 실력으로 평가받을 수 있도록 교수님이 도와주십시오."

"그렇다면, 캠브리지에서 공부를 해 보는 건 어떻겠소?"

"캠브리지에서요?"

"그렇소. 폐 선암으로 오진된 환자의 크립토콕쿠스균 감염을 찾아낼 정도라면, 실력은 충분하다 생각합니다. 우리 병원으로 올 의사가 있다면, 제가 모시지요. 그렇지 않아도 김윤찬 씨를 모시고 싶었습니다."

"아닙니다. 제안은 감사하지만 사양하겠습니다."

"좋은 기회가 될 텐데, 고사하겠다는 겁니까?"

"아뇨, 그럴 리가 있습니까? 캠브리지대학의 소아 심장 센터는 흉부외과 써전이라면 누구든지 꿈에 그리는 로망일 겁니다. 그 기회를 제가 놓칠 순 없죠."

"그런데요?"

"다만, 지금은 아니라는 겁니다. 제가 지금껏 교수님께 보여 드린 것이 아무것도 없다는 것이 문제죠. 단편적인 제 모습만 보고 결정하시는 건 제가 싫습니다. 진정한 제 실력으로 평가받고 싶습니다."

"하하하, 우리 병원이 그렇게 허술하진 않아요."

"네?"

"윤찬 킴에 관해 알아볼 건 다 알아봤습니다."

"저를요?"

"그래요. 존스홉킨스 유전자 연구소에 폼페병을 앓고 있는 아이를 보낸 것도 윤찬 킴의 역할이 컸다고 들었습니다. 선천적 악성고열병을 찾아낸 것도 말이죠."

"아, 그렇습니까?"

"그래요. 우리는 밑지는 장사는 하지 않습니다. 윤찬 킴을 모셔 갈 만하니까 제안하는 겁니다."

"그렇군요. 그렇다면 더욱더 전 연희에서 실력으로 인정받은 후에 캠브리지에 도전하고 싶습니다."

"음."

"그때도 저에 대한 마음이 변함없으시다면, 저를 뽑아 주십시오. 그때는 미련 없이 교수님의 뜻에 따르도록 하겠습니다."

"하하하, 멋지군요. 뜻밖의 대답이긴 하지만, 좋아요. 그렇게 합시다. 멀리 떠난 연인을 기다리는 마음으로 기다려 보죠. 다만, 제 마음이 변하지 않도록 훌륭한 써전이 되어 있어야 합니다. 저는 변덕이 심한 사람이라."

"네, 반드시 단장님의 마음에 드는 의사가 되어 있겠습니다."

"좋아요! 우리 그런 뜻에서 건배나 할까요? 치얼스!"

제이든 단장이 기분 좋게 잔을 들어 올렸다.

"치얼스!"

그날 밤, 나와 제이든 단장은 밤새도록 잔을 기울였다.

♥

며칠 후, 원장실.

이제 모든 실사가 끝나고 최종 결정만 남은 상황.

나에게 말했듯, 캠브리지병원은 전략적 제휴 파트너로 연희를 선택했다.

"우리 병원에서 추진하고 있는 난치성 심장병 어린이 재단 설립 프로젝트를 연희세바스찬병원과 같이 하고 싶습니다."

매크로 소프트, 영국의 가전 재벌 바이슨 등 유수의 기업이 공동 출자해 난치성 심장병 어린이 센터를 건립하는 프로젝트였다.

동양 최대 규모의 병상을 갖춘 최신식 병원 건립을 전제로 하고 있었다.

"네? 그, 그게 정말입니까?"

화들짝 놀란 장태수 원장이 벌린 입을 다물지 못했다.

"네, 물론 최종 의사 결정자의 재가가 남아 있긴 하지만, 긍정적으로 검토하기로 했습니다."

"영광입니다! 정말 영광입니다!"

"네, 병원 선정 검토에 필요한 제반 서류를 준비하셔서 제 비서에게 전달해 주십시오."

"물론이죠. 당연히 그렇게 하겠습니다. 그나저나 어떻게 그 어려운 결정을 하신 겁니까?"

"애초에 연희병원이 유력한 후보군에 포함되어 있어서 검토 중에 있었습니다. 그래서 겸사겸사 연희병원을 찾은 거고요."

"아이고, 그랬군요."

"다만, 제 마음을 굳히게 된 건, 한 젊은 의사의 공도 무시할 순 없겠죠."

"혹시?"

"네, 맞습니다. 윤찬 킴. 그 젊은 의사가 묘하게 제 마음을 움직이더군요. 아주 훌륭한 제자를 두셨습니다."

"그렇습니까? 맞습니다. 김윤찬 선생은 아직 전공의이긴 하지만, 여러모로 뛰어난 인재죠. 아주 훌륭한 인재입니다, 하하하."

장태수 원장이 목젖이 보이도록 환하게 웃었다.

"그래서 말인데, 원장님께서 들어주셔야 할 일이 있습니다."

"네, 뭐든 말씀만 하십시오."

"아, 그 전에 뭐 하나만 더 여쭙겠습니다."

"네네, 말씀하십시오."

"제가 알기론 연희병원에 타 학교 출신 비율이 상당히 높다고 하던데 맞습니까?"

"네, 맞습니다. 특히 외과 쪽은 워낙 비인기 학과라 자체 수급이 거의 불가능한 상황이죠. 그렇다 보니 병원의 정체성도 흔들리고, 우리 연희병원만의 색깔이 점점 퇴색되는 것 같아 안타깝습니다. 캠브리지대학처럼 고유의 정체성을 가져야 하는데."

"그런데, 그렇게 높은 타 대학 출신 수 대비 교수 임용 비율이 현저히 낮더군요."

"아, 그게, 솔직히 캠브리지처럼 정통성의 문제도 있고, 아무래도 같은 대학 출신들이……."

"어이가 없군요. 캠브리지의 정통성은 캠브리지 정신에서 오는 거지, 편협한 인사 정책에서 오는 것이 아닙니다. 캠브리지 정신을 가지고 있는 모든 의사에게 우리 병원의 문은 활짝 열려 있습니다. 의사는 실력과 사명감만 가지고 뽑는 겁니다. 그 어떤 외적인 요소도 끼어들 틈이 없는 거죠."

"그렇긴 한데…… 솔직히 우리 병원 출신의 의사들이……."

"네, 알겠습니다. 인사 정책이야 귀 원의 고유의 영역이니 제가 왈가왈부하고 싶은 맘은 없습니다."

"그렇게 생각해 주신다니 다행입니다."

못마땅했던 장태수 원장의 표정이 밝아졌다.

"다만, 만약 캠브리지와 연희의 전략적 제휴를 통해 소아 심장병 어린이 센터가 건립된다면, 센터 안에서 필요한 인력

및 교수는 저희 병원의 평가 시스템을 통해 선발할 겁니다. 그렇게 선발된 의사들의 지위를 연희병원과 동일하게 인정해 주십시오. 특히, 흉부외과가 거기에 포함되겠군요. 동의하시겠습니까?"

"하하하, 그거야 뭐, 문제 될 것이 뭐가 있겠습니까? 캠브리지의 평가 시스템이야 세계적으로 유명한 모범 사례인데요. 그렇게 하십시오! 캠브리지에서 인정한 교수를 저희 병원에서 마다할 리 없으니까요."

수백억 원의 투자금을 유치할 수 있는 절호의 찬스. 그 정도의 인사권은 충분히 양보할 수 있는 장태수 원장이었다.

"네, 좋습니다. 그러면 추후 프로세스는 제가 영국에 돌아가면, 즉시 진행토록 하겠습니다."

"네, 그에 맞춰, 저희도 준비하도록 하겠습니다."

"네, 그렇게 해 주세요."

이렇게 해서, 두 병원 간의 전략적 제휴가 전격적으로 이뤄질 수 있는 계기가 마련되었다.

"김 비서, 당장 흉부외과 김윤찬 선생 호출해서 내 방으로 오라고 해요."

-네, 알겠습니다.

"아, 그리고 오늘 저녁에 앰버서더 리버티 호텔에서 저녁 먹을 거니까, 예약 좀 해 줘요. 참석자는 나와 흉부외과 과장 그리고 김윤찬 선생입니다."

제이든 교수가 나가자마자 인터폰을 눌러 지시 사항을 전달하는 장태수 원장.

-네, 알겠습니다, 원장님.

'나이스!'

"자그마치 3백억이야, 3백억!"

제이든 단장이 나가자 장태수 원장이 팔짝팔짝 뛰며 호들갑을 떨었다.

♥

"교수님, 감사합니다."

며칠 후, 나는 제이든 단장이 묵고 있는 호텔을 찾았다. 영국으로 돌아가기 몇 시간 전이었다.

"아뇨, 감사할 필요 없습니다. 이번 전략적 제휴는 객관적인 평가에 의해서 선정된 겁니다. 물론, 윤찬 킴의 영향이 전혀 없었다고 하긴 곤란하지만 말이에요."

"네, 알고 있습니다."

"후후후, 실력을 더 쌓으세요. 더 이상 쌓을 수 없을 때까지. 그때 우리 다시 봅시다!"

"네, 최선을 다하겠습니다."

"다만, 명심하세요. 우리 병원의 평가 시스템은 굉장히 냉

혹합니다. 그에 맞는 실력을 쌓지 못한다면, 저와 윤찬 킴이 한 약속은 아무런 의미가 없을 겁니다."

"네, 물론입니다."

"손과 마음이 두루두루 따뜻한 의사가 되길 바랍니다. 당신이 말했던 심의 말입니다."

"네, 노력하겠습니다."

"그래요. 나중에 또 봅시다! 그때는 제 옆에 있어 주길 바랄게요."

됐어.

이렇게 되면 굳이 비굴하게 굴지 않아도 교수가 될 수 있는 길이 열렸어!

조금만 더 기다려라, 연희!

그 철옹성 같은 성문을 차례차례 부숴 줄 테니까.

난 말아 쥔 양 주먹에 힘을 주었다.

그렇게 시간이 흘러 말도 많고 탈도 많았던 고단했던 레지던트 1년 차가 마무리되었다.

새해가 밝았고, 레지던트 2년 차 생활이 시작될 무렵, 환자 한 명이 우리 병원으로 급히 실려 왔다.

삐삐삐삐ㅡ.

우리 과 레지던트 한은정이 급히 핸드폰을 꺼내 들었다.

ㅡ어, 은정아! 엄마가 쓰러지셨어! 지금 너희 병원 응급실이야.

"뭐라고요, 엄마가? 아, 알았어요. 지금 당장 내려갈게요."

며칠 후, 흉부외과 의국.

"택진아, 한 선생 어머니 검사 결과는 나온 거야?"

"응."

이택진의 표정이 밝지 않았다.

"왜? 뭔데?"

"특발성 폐 고혈압에 의한 폐 부전. 하아, 암담하다, 암담해."

착잡한 표정의 이택진이 고개를 내저었다.

"뭐라고, 폐 부전? 두 쪽 다?"

"어, 두 쪽 다 완전히 망가져서 이식 말고는 답이 없어. 5%도 안 남았어."

"코노스(국립장기조직혈액관리원)에 등록은?"

"하아, 재수 없으면 뒤로 넘어져도 코가 깨진다고, 작년에 신청을 했는데, 폐 기능이 남아 있다고 반려당했대. 그런데 올해 말에 갑자기 악화된 것 같아. 이게 무슨 개 같은 경우냐?"

"그래도 지금이라도 신청을 해야지."

"당연히 그렇게 했지. 하지만 그게 무슨 소용이야, 지금부터 3년은 기다려야 한단다. 지금 상태로는 한 선생 어머니, 단 몇 달도 못 버텨."

"……."

"게다가 기적적으로 장기 기증자를 찾는다 해도, 이게 보통 수술이어야 말이지. 흉부외과는 물론이고 감염내과에 심장내과가 전부 참여하는 대수술이야. 줄 잡아 수술방에 50명은 들어가야 할걸. 비용도 만만치가 않아. 한 선생이 그걸 어떻게 감당해?"

택진이 눈가에 근육이 잔뜩 뭉쳐 있었다.

"돈이 중요한 게 아니잖아. 어떡하든 사람부터 살려야지."

"인마, 병원이 자선사업 하는 곳이냐? 직원 DC를 받아도 대충 수술비만 억대야. 쥐꼬리만 한 월급 하나도 안 쓰고 3년은 모아야 한다고."

"걱정 마, 방법이 있을 거야."

"물론, 방법이 있겠지. 어디서 기적적으로 수술비 대 준다는 키다리 아저씨라도 나온다면 말이야."

"특발성 폐 고혈압이라면 돈 문제만 걸리는 건 아닐 거야."

"그게 무슨 소리야?"

"그런 게 있어. 그나저나 가족들은?"

"어머니랑 단둘인가 봐. 그게 더 답답하다. 이럴 때 형제들이라도 있어야 상의라도 해 볼 것 아냐?"

이택진이 답답한 듯 뒷머리를 긁적거렸다.

일단, 고함 교수님을 만나 봐야겠어! 특발성 폐 고혈압이라면, 단지 돈이 문제가 아냐.

나는 곧바로 고함 교수에게 전화를 걸었다.

"교수님, 김윤찬입니다."

―그래, 무슨 일이야?

"드릴 말씀이 있어서요. 혹시, 시간 괜찮으십니까?"

―그래? 회진 돌려면 시간이 좀 있으니까, 지금 내려와.

"네, 교수님. 감사합니다."

♥

"무슨 일인데?"

"다름이 아니라 한은정 선생 어머님 일로……."

"음, 검사 결과 봤나 보군."

"네. 이디오패틱 펄모내리 하이퍼텐션(특발성 폐동맥 고혈압)이라고 알고 있습니다."

"그래, 맞아. 특발성 폐동맥 고혈압. 침묵의 암살자라 불리는 병이지."

고함 교수의 표정이 심상치 않았다.

"방법이 없습니까?"

"김 선생, 특발성의 의미가 뭐야?"

"네, 원인 미상입니다."

"그래, 맞아. 말 그대로 원인 미상. 현대 의학으로는 아직까지 원인을 밝혀내지 못한 병이야. 술, 담배는 입에도 대지 않으셨다고 하는데, 이렇게 전격적으로 폐가 망가져 버렸어. 바이러스에 감염된 것도 아니고. 이럴 때마다 의사로서 무력감이 든다."

고함 교수가 아랫입술을 잘근거렸다.

"그러면 어떻게 되는 겁니까?"

"그래도 다행인 게, 원인 미상이긴 하지만 불치병은 아니야. 이식만 할 수 있다면 충분히 고칠 수 있는 병이긴 하지."

"네, 택진이 말로는 코노스에 등록을 하긴 했다고 하던데요."

"했지, 당연히. 하지만 자네도 알다시피, 폐동맥 고혈압이 세월아 네월아 할 수 있는 병이 아니잖아. 어느 세월에 코노스에서 기증자 나오길 기다리나?"

"생체 이식밖에는 답이 없겠군요."

"그렇지. 그건 미국이나 일본의 경우는 가능한데, 아직까지 우리나라에서 생체 폐 이식은 의료법 위반이야."

우리나라의 현행 의료법상, 타인의 장기를 공여할 수 있는 건, 신장, 골수를 포함한 13종. 폐 이식의 경우는 뇌사자 장기이식만 가능한 상태였다. 생체 폐 이식은 불법이었기에 가족이라 할지라도 폐를 공여할 수 없는 것이 현행법이었다.

무분별한 장기 매매를 막자는 취지는 알겠지만, 불합리한 법이었다.

"그래도 해야죠."

"어떻게 말인가?"

"재작년에 은지 건과 별반 다르지 않다고 생각합니다."

"은지? 폼페병을 앓았던 그 아기를 말하는 건가?"

"네, 그렇습니다."

"그러니까……."

"네, 그렇습니다. 서울로 가는 길이 고속도로 하나뿐이겠습니까? 길 막히면 국도로 가도 되고, 정 안 되면 헬리콥터라도 타고 가면 됩니다."

"그러니까 이것 역시 임상 연구 방식으로 접근하자는 건가?"

"비슷합니다. 대중음식점과 유흥음식점의 차이가 뭐겠습니까?"

"당연히 술을 팔고 안 팔고 차이 아닌가?"

"아닙니다. 대중음식점에서도 술은 팔 수 있죠."

"그렇지. 설렁탕집도 술은 파니까."

"바로 그겁니다. 대중음식점이든 유흥음식점이든 술은 팔고 마실 수 있어요. 차이점은 유흥 종사자가 있느냐 없냐 하는 거죠."

"그래서?"

고함 교수가 눈매를 좁혔다.

"근데 만약 교수님과 친분이 있는 대중음식점 주인이 옆자리에 앉아서 술을 따라 줬다 치죠. 이 주인은 유흥 종사자입니까, 아닙니까? 다시 말해, 교수님은 유흥 접대를 받은 건가요, 아닌 게 되는 건가요?"

"상황에 따라 다르긴 한데, 애매하군. 하지만 대부분의 경우는 아니지 않나?"

"맞습니다. 바로 그게 포인트입니다. 상황에 따라 그럴 수도 있고 아닐 수도 있는 것. 우리나라 법이라는 게 애매할 때는 피고의 입장에서 판단하도록 되어 있습니다. 그게 무죄 추정의 원칙이죠. 교수님이 접대를 받았다는 걸, 증명할 수 있을까요? 없다면, 교수님은 접대를 받은 게 아니지요."

"그래, 맞아! 그러니까 술을 한 것도 아니고 안 한 것도 아닌 것처럼 하자는 거 아닌가? 임상 연구 방식으로?"

"그렇습니다. 애매하면 처벌할 수 없습니다. 교수님이 무엇을 하든지 말입니다."

"그거 좋은 생각이야!"

"네, 지난번에 은지는 어쩔 수 없이 미국에 보냈지만, 이번엔 교수님이 직접 집도하시죠. 폐 고혈압 분야에선 국내에서 교수님을 따라올 분이 없는 걸로 알아요."

"흠흠, 그 정도는 아니야."

"일단, 임상연구심의위원회에 이번 케이스를 임상 연구 대상으로 신청하는 겁니다."

"인정해 줄까? 기존 사례도 많은데?"

고함 교수가 고개를 갸웃거렸다.

"아니죠. 충분히 가능성 있습니다. 기존 사례들은 다 외국 사례입니다. 이번에 교수님이 생체 폐 이식에 성공하기만 한다면, 국내 최초가 될 테니까요. 게다가 폐 이식 프로세스도 체계화되어 있으니까 문제없을 겁니다."

"그래, 그럴듯해! 한번 해 볼 만하겠어! 근데 좋은 생각인 건 틀림없는데, 병원에서 지원해 주지 않으면 말짱 도루묵이야. 이게 나 혼자 한다고 될 수술이 아니거든."

"그건 나중에 생각할 문제 아니겠습니까?"

"그런가? 일단 사람 목숨부터 살려 내는 게 우선이겠지?"

"맞습니다. 하늘이 무너져도 솟아날 구멍은 있다고 하잖아요."

"그래, 부딪쳐 보자. 죽이 되든 밥이 되든."

"네, 죽이든 밥이든 먹을 수 있기만 하면 되니까요."

흑흑흑.

늦은 밤, 한은정 선생이 얼굴을 파묻은 채, 흐느끼고 있었다.

"한 선생, 이거 좀 들어요. 전복죽 좀 사 왔어요."

"윤찬 쌤."

한은정이 일어나 눈물을 훔쳐 냈다.

"좀 들어요. 한 선생이 기운을 차려야 어머니 병간호를 할 수 있을 것 아니에요. 이제부터 시작인데."

"어떻게요? 불쌍한 울 엄마! 평생 고생만 하시다 이제 좀 살 만하니까 이게 뭐야! 지금 애크모(ECMO, 인공호흡장치) 차고 저렇게 사경을 헤매고 있는데, 제가 어떻게, 어떻게 이걸 먹어요."

"그래도 이런다고 해결될 일이 아니잖아요. 힘을 내서 같이 방법을 찾아봐요. 교수님도 애쓰고 계셔요."

"고마워요."

"지금부터 장기전이 될 수도 있어요. 이럴 때일수록 한 선생이 맘을 단단히 먹어야 해요. 억지로라도 몇 숟가락 뜨도록 해요. 그래야 기운을 차리지."

"네! 먹어야죠. 그래요, 먹을게요."

한은정이 죽 뚜껑을 열고 전복죽을 욱여넣었다. 설움이 북받치는지 목에 죽을 넘길 때마다 머리가 까닥거렸다.

"그래요. 나, 중환자실에 잠깐 내려가 볼 테니까, 반이라도 먹어야 해요?"

"네, 고마워요."

잠시 후.
"어머님, 접니다."
밖으로 나와 김 할머니한테 전화를 걸었다.
—윤찬이니? 이 밤중에 웬일이니? 무슨 일 난 건 아니지?
"그럼요. 아무 일도 없어요."
—내가 깜짝 놀랐다.
"어머님, 다름이 아니라 제가 부탁 하나만 해도 될까요?"
—부탁? 그거 듣던 중 반가운 소리구나. 뭐니, 그 부탁이
라는 게. 내 뭐든 들어주마.
"실은⋯⋯."

며칠 후, 장태수 원장실.
고함 교수가 장태수 원장을 설득하기 위해 그의 집무실을
찾았다.
"생체 폐 이식 수술을 허락해 주십시오, 원장님! 모든 책
임은 제가 지도록 하겠습니다. 게다가 이번 수술을 성공하면
우리 병원이 최초가 되는 거고, 그렇게 된다면 원장님은 의
학사에 한 획을 긋는 분이 되시는 겁니다."

고함 교수가 어떻게든 설득해 보려고 애를 썼다.

"하세요."

"네? 그게 무슨 말씀이십니까?"

장태수 원장이 쉽사리 허락할 사안이 아니었기에 고함 교수는 당황하지 않을 수 없었다.

"병원에서 모든 지원을 해 줄 테니까, 해 보시라고요. 고 교수 말대로 국내 최초가 되는 기념비적인 수술 아닙니까?"

완전히 예상을 빗나가는 의외의 발언이었다. 조금이라도 병원에 해가 될 소지가 보이면 발을 빼던 장태수 원장이었기에 더욱더 당황스러운 고함 교수였다.

"정말 허락하시는 겁니까?"

"허허허, 내가 몇 번을 말해요? 최고의 스탭으로 꾸려 줄 테니까, 소신껏 해 보세요. 우리 새끼 살리는 일인데, 내가 가만있어야 되겠습니까? 환자 보호자가 우리 병원 레지던트라면서요?"

"네, 한은정 선생이라고, 제 밑에 있는 수련의입니다."

"그래요? 그렇다면 당연히 병원에서 나서야죠!"

"법적으로 문제가 될 수도 있습니다."

"그건 걱정 마세요. 사람 위에 있는 법이 어디 있습니까? 일단 사람부터 살려야 하지 않겠어요? 혹시나, 법적인 문제가 생기면 병원 법무팀에서 알아서 할 겁니다."

"아, 네."

단단히 한판 붙으러 갔는데, 상대가 허무하게 백기를 든 셈. 뜻밖의 원장 태도에 고함 교수는 어리둥절했다.

　"원장님, 정말 해요?"

　"하하, 이 사람이 속고만 살았나? 어디 각서라도 써 줄까요?"

　"아, 아닙니다. 그러면 허락하신 걸로 알고 준비하겠습니다."

　"그래요! 우리가 연희병원의 새로운 역사를 쓰는 겁니다. 고 교수한테 거는 기대가 커요!"

　"아, 네."

　교수실로 돌아온 고함 교수가 날 급히 호출했다.

　"교수님, 부르셨습니까?"

　"그래, 여기 좀 앉아 봐."

　"네."

　"이게 어떻게 된 일인지 모르겠는데, 장태수 원장이 수술을 허락해 줬어. 이게 말이 된다고 생각하나?"

　"말이 안 될 건 뭐 있겠어요?"

　"말이 된다고? 그 너구리 같은 인간이 어떤 사람인 줄 몰라서 그래? 손해가 될 짓은 눈곱만큼도 하지 않는 양반이야."

　"그게 무슨 상관입니까? 수술을 할 수 있으면 그걸로 된 거죠."

"너, 안 놀랐냐?"

"놀라긴요, 제가 왜 놀라야 하는 건가요?"

"야! 그러면 놀란 난 뭐가 돼? 네가 이렇게 나오니까 나만 바보 된 것 같잖아? 너, 뭘 알고 있었던 건 아니지?"

"아뇨, 레지던트 따위가 뭘 알아요. 전혀 몰랐어요."

"하긴, 네가 뭘 알겠냐. 아무튼, 수술 허락이 떨어지긴 했다만, 이 찜찜함은 뭐냐?"

고함 교수가 여전히 미심쩍은 눈빛을 보였다.

"과민반응이세요. 원장님이 허락할 만하니까 하셨겠죠. 우린 최선을 다해서 한 선생님 어머님만 살리면 되는 것 아닌가요?"

"음, 그래, 네 말이 맞다. 원장이 죽을 때가 됐나 보지. 평소에 안 하던 짓을 하는 걸 보니 말이야. 아무튼, 천만다행이야. 때마침 임상연구심의위원에서도 연락이 왔어. 임상 연구로서 충분히 가치가 있다고 하더라."

"정말 다행이네요!"

"그래, 하늘이 우리 한 선생을 돕는구나. 그나저나 하마터면 한 선생과의 리턴매치가 무산될 뻔했어."

"리턴매치요?"

"어, 이번에는 제대로 붙어 줘야지. 지난 회식 때, 먼저 쓰러져서 쪽팔려 죽는 줄 알았다니까? 이번에는 반드시 명예 회복을 할 거야."

우두둑.

고함 교수가 손마디를 눌러 소리를 냈다.

♥

며칠 전.

"야, 너 무조건 내 말대로 해라!"

김 할머니가 연희병원 이사장, 고상한에게 전화를 걸었다.

─회장님, 그게 법적으로 문제가 될 수도 있어요.

"그래서 못 하겠다는 기가?"

─아, 아니, 못 하겠다는 게 아니라 좀 더 고민을 해 봐야 할 것⋯⋯.

"시끄럽다! 네가 언제부터 내가 하는 말에 미꾸라지처럼 삐져나갔니? 할 거야, 말 거야. 그것만 말하라!"

─하아, 네. 하겠습니다. 회장님의 말씀대로 따르도록 하겠습니다.

쩌렁쩌렁 울리는 김 할머니의 호통에 꼼짝 못 하는 고상한 이사장이었다.

"그래, 잘 생각했다. 사람이 먼저지 법이 먼저니? 그쪽 일은 내가 알아서 처리할 테니, 넌 수술 지원이나 확실히 해라. 만약에 그 환자 잘못되면 너부터 골로 가는 줄 알라. 알간?"

─네네, 회장님! 그렇게 하겠습니다.

김 할머니의 힘이었다.

모든 것은 일사천리로 진행되었고 며칠 후, 보건복지부로부터 공문이 날아왔다.

당연히 이식 수술을 한시적으로 허가한다는 반가운 내용.

다만 방식은 수술이 아닌 임상 연구였고, 모든 수술 과정은 상세히 관련 부서에 보고해야 한다는 전제가 있었다.

아무튼 엎어 치나 메치나, 수술을 할 수 있게 되었다.

"어머님, 좋은 소식이에요!"

김윤찬은 기쁜 소식을 알려 드리기 위해 한걸음에 내달려 병실로 갔다. 한은정의 어머니, 박은영과 그녀의 이모가 병실에 함께 있었다.

"무슨 기쁜 소식이죠?"

조금은 불안한 표정의 그녀였다.

"네, 방금 연락을 받았는데, 수술을 해도 좋다고 하네요. 보건복지부에서 임상 연구를 전제로 한시적으로 수술을 허용하기로 했어요!"

"정말입니까?"

"네, 이제 이식 수술만 하면 어머님, 한 선생님과 행복하게 사실 수 있어요."

"이, 이식이요? 우리 은정이 폐를 제가 받는다는 겁니까?"

조금 전까지만 해도 밝았던 박은영의 표정이 급격히 어두워졌다.

"네. 하지만 너무 걱정 마세요. 폐 전체를 떼어 내는 게 아니라서 크게 문제 되지 않습니다."

"아뇨, 전 못 합니다! 절대 못 해요. 나 살겠다고 어떻게 내 금쪽같은 새끼 폐를 떼어 낸답디까?"

폐 이식이란 말에 박은영이 정색했다.

"어머니, 너무 걱정 마세요. 폐 일부분을 절제해도 생활하는 데 아무런 지장이 없습니다."

"아니에요. 전 절대 그 수술 못 받습니다, 절대로요."

"어휴, 어머님, 걱정 안 하셔도 괜찮아요."

"안 해요! 안 한다고 하지 않았습니까?"

박은영은 자신의 뜻을 굽히지 않았다.

"아니, 어머니!"

난감한 상황. 뜻밖의 상황이 벌어지고 말았다.

"선생님, 잠시 저 좀 봐요."

그러자 옆에 있던 한은정의 이모가 나지막이 말했다.

"아, 네."

잠시 후, 하늘공원.

"많이 놀라셨죠?"

"아, 네. 조금 당황스럽네요."

"그러실 거예요. 그동안 우리 언니 때문에 고생 많았는데, 좋은 소식을 들고 오셨는데 보람도 없이 언니가 저렇게 나오니까."

"아뇨, 그런 건 상관없는데, 어머님이 저러시니 걱정이 돼서요. 이 수술은 환자의 의지가 중요하거든요. 도대체 왜 그러시는 걸까요?"

"그럴 만한 이유가 있어요."

"무슨 이유인지 여쭤봐도 되나요?"

"그 전에, 여쭤볼 게 있어요. 전 이식이 가능한 거죠?"

"물론이죠. 자매지간이시니 문제없을 겁니다. 보통, 다른 장기에 비해 폐는 거부반응이 적거든요. 다만 이모님의 폐 기능이 약 25% 정도 떨어질 수 있습니다."

"괜찮아요. 언니가 저한테 해 준 거에 비하면 아무것도 아니죠. 그러면 하나만 더 물어볼게요."

"네, 말씀하세요."

"이식받으면 울 언니, 살 수는 있는 건가요?"

"물론이죠. 고함 교수님이 이 분야에선 국내 최고세요. 게다가 같이 수술에 참여하시는 교수님들도 우리 병원 최고의 외과의시거든요. 걱정하지 마세요."

"네에, 다행이네요."

하지만 이모의 얼굴도 밝지만은 않았다.

"그런데 왜 그렇게 표정이 어두우세요? 어머님도 그렇고, 저한테 뭔가 숨기시는 게 있으신 겁니까?"

"아니에요, 선생님, 하나만 더 여쭐게요. 은정이 폐를 우리 언니가 받을 수 있는 건가요?"

"물론이죠. 한 선생과 어머님 혈액형이 O형으로 같잖아요. 게다가 한 선생은 건강한 편이라 기저 질환도 없으니 당연히 이식이 가능하죠. 게다가 모녀지간이니까요. 이식 거부 반응도 거의 없을 겁니다."

"선생님, 은정이 우리 언니 친딸 아니에요."

한은정 선생의 이모가 갑자기 폭탄선언을 하고 말았다.

"네?"

생각지도 못한 이모의 말이었다.

"형부가 돌아가시기 3년 전쯤에 언니네가 입양했어요. 형부, 언니가 참 금슬이 좋은 부부였는데, 안타깝게도 아이가 없었거든요."

충격적이게도 한은정은 친딸이 아니었다.

"그, 그런 일이 있었군요."

"네, 그래서 언니가 그랬던 거예요. 어차피 은정이 폐를 받지도 못할 텐데, 괜히 은정이가 이 사실을 알게 되면 마음에 상처를 받을까 봐서요."

흐음, 이모가 답답한 듯 한숨을 내쉬었다.

"……폐 같은 경우는 모녀지간이 아니라도 이식받을 수 있습니다. 보통, 뇌사자 폐를 받아 수술하기도 하거든요."

놀라운 일이었지만, 그렇다고 해도 전혀 수술이 불가능한
건 아니었다.

"정말요?"

"다행히 은정 선생이랑 어머니가 같은 혈액형이니 가능성
은 있다고 봅니다."

"정말입니까?"

"네, 다만 확률은 좀 떨어지긴 합니다. 아무래도 모녀지간
보다는."

"그렇겠죠. 피 한 방울 섞이진 않았지만, 언니한테 그 애
는 분신 같은 존재예요. 아마, 조건이 맞는다 해도 은정이 폐
를 받지 않으려 할 겁니다."

"그래도 조건이 맞는다면 하는 게 맞죠. 그게 은정 쌤을
위해서도 바람직합니다. 그렇게 밝던 사람이 요즘은 말 한마
디를 하지 않아요. 거의 얼굴이 반쪽이 돼 버렸습니다."

"그럴 겁니다. 두 모녀가 서로 의지하며 애틋했으니까."

"아무튼, 생각지도 못한 변수가 생겼으니, 좀 더 확인을
해 봐야겠군요."

"선생님, 절대! 그 애는 이 사실을 몰라야 합니다. 만약에
은정이가 이 비밀을 알아 버리면, 우리 언니 무슨 짓을 할지
몰라요. 은정인 언니한테는 목숨과도 같은 존재니까요. 언니
는 그 아이가 상처받는 걸 견디지 못할 거예요."

"네, 최대한 조심하겠습니다."

'젠장, 한은정 선생이 친딸이 아니었다니!'

생각지도 못한 난관에 부딪히고 말았다.

❤

"교수님, 어떡하죠?"

나는 고함 교수를 찾아가 자초지종을 설명하였다.

"글쎄다. 생각지도 못한 일이 생겨 버려서 나도 머리가 띵하네? 차라리 한 선생한테 모든 것을 털어놓은 것이 어떨까? 한 선생도 성인이니 이해할 수 있을 것 같은데 말이야."

"그건 곤란합니다. 한 선생이 받을 충격이 너무 커요. 게다가 그건 한 선생 어머님이 원하시는 방법이 아니에요."

"그러면 어떻게 해야 하나. 그건 둘째 치고 유전자 적합성 검사가 부적합으로 나오면 수술도 못 하게 생겼으니, 이 일을 어쩌면 좋냐?"

당연히 문제없으리라 생각했던 부분이 졸지에 심각한 사안이 되어 버리고 말았다.

"호호호, 부자지간에 무슨 밀담을 나누기에 노크 소리도 못 들어요?"

나와 고함 교수를 두고 하는 말이리라.

김은숙 간호부장이 밖에서 우리 둘의 대화를 들었던 모양이다.

"네?"

"얼굴을 맞대고 있는 모습이 영락없이 부자지간 같아서요. 윤찬 쌤 모습이 딱 고 교수님 수련의 때랑 똑같은데요?"

김은숙 간호부장이 사람 좋은 미소를 지었다.

"글쎄요. 솔직히 얼굴은 제가 더 낫지 않습니까?"

"글쎄요? 전 아무래도 젊은 피가 좋습니다."

"하하하, 그런가요? 그나저나 무슨 일로?"

"아, 다름이 아니라 좋은 소식이에요. 1차 검사 결과, 박은영 씨 동생분 폐, 이식이 가능하다고 하네요. 물론, 한은정 선생 폐 이식도 가능하고요."

"한은정 선생도요?"

"네. 왜요? 딸인데 가능하지 않을 리가 없죠."

"네? 아, 네."

잠시 밝아졌던 고함 교수의 표정이 급어두워졌다.

"어라? 무슨 반응이 이래요?"

"아, 그게 말이에요. 실은……."

고함 교수가 김은숙 간호부장에게 한은정과 그녀의 어머니에 관한 사연을 설명했다.

"아하! 그런 일이 있었군요."

"네. 그래서 이래저래 난감하네요."

고함 교수가 난감한 듯 이마를 긁적거렸다.

"수술을 할 수 있는 것만도 천만다행인 거 아닌가요?"

"그렇긴 하지만, 유전자 적합성 검사를 보면 모든 것이 밝혀질 텐데."

"에이, 그게 무슨 문제래? 내가 보기엔 아무 문제도 아니구먼."

김은숙 부장이 대수롭지 않다는 듯 어깨를 으쓱거렸다.

"네? 무슨 수라도 있나요?"

"두 분, 이리 가까이 와 보세요. 우리 손바닥으로 하늘 한번 가려 봅시다!"

김은숙 간호부장이 우리 둘을 향해 손짓했다.

김은숙 간호부장의 전략은 간단했다.

무조건 모르쇠로 일관하는 것. 이것이 그녀가 말한 손바닥으로 하늘을 가리는 방법이었다.

모로 가도 서울만 가면 되는 거니까.

"여기 계셨네요? 한참을 찾았어요."

한은정 선생이 헐레벌떡 의국으로 뛰어 들어왔다.

"어, 한 선생. 왜요?"

"여쭤볼 게 있어서요."

"뭘요?"

"다름이 아니라, 엄마 검사 결과를 확인하려고 하니까 PIS(환자정보시스템) 접근 권한이 없다고 나와서요. 이게 어떻게 된 거죠?"

"그래요? 나도 모르겠는데요?"

모른 척, 시치미를 뗐다.

"윤찬 쌤도 접근이 안 되나요?"

"그런가? 어디 한번 들어가 볼까요?"

"네, 한번 확인해 봐 주세요. 저만 안 되는 건지."

한은정이 옷소매를 걷어 올리며 모니터 쪽으로 몸을 기울였다.

"어? 나도 안 되네? 어떻게 된 일이죠?"

"그래요? 이상하네. 어제까지만 해도 됐는데? 전산팀에 연락해 봐야 할까요?"

"아니에요. 나도 얼핏 들은 얘기라 잘은 모르겠는데, 이번 수술이 워낙 중요해서 접근 권한을 교수급으로 제한했다는 소리가 있더라고요. 그래서 안 되는 건가?"

이 정도 연기면 훌륭한 건가?

나는 모른 척 시치미를 뗐다.

"정말요?"

"몰라요. 확실한 건 아니니까 고함 교수님한테 직접 가서 여쭤보는 게 좋을 것 같은데요?"

"알았어요. 제가 한번 가 볼게요."

"그, 그래요."

"교수님, 저, 궁금한 게 있는데."

한은정이 한걸음에 고함 교수를 찾아갔다.

"뭐지?"

"아, 네. 환자정보시스템 접근 권한이 없다고 해서요. 어떻게 된 건지 모르겠네요. 며칠 전에만 해도 됐는데."

"아, 그거? 연락 못 받았나? 내가 자네 어머니 정보를 일시적으로 잠가 놓으라고 했어."

"네? 그게 무슨 말씀이신지?"

"오늘부터 자네 어머니 수술은 최고 보안 단계로 승격이 되었거든. 워낙 이슈가 된 사안이라서."

"아니, 그래도 어떻게."

"뭐가 어떻게야? 자네뿐만이 아니라 나 역시, 일부 정보는 접근이 제한돼 있다고. 됐나?"

"아, 네. 알겠습니다. 다만 검사 결과를 확인하고 싶어서 그랬습니다."

"무슨 결과?"

"제 조직 검사 결과를 확인하고 싶습니다."

"내가 확인해 봤는데 아무 문제 없으니까 그렇게 알고 가 봐."

"아니, 그래도 엄마랑 저랑 조직이 맞는지 확인은……."

"맞아! 아주 찰떡처럼 딱딱 맞으니까 걱정 붙들어 매라고."

"정말입니까?"

"당연한 걸 왜 물어? 모녀지간인데 안 맞을 리가 없잖아?"

"아, 네. 그래도 제가 한번 보면 안 될까요?"

"자네 몇 년 차야?"

"네, 2년 차입니다."

"그러면 2년 차가 뭐 하는 자리지?"

"네?"

"2년 차가 교수실에 쳐들어와서 환자 관련 정보를 내놓으라고 교수한테 협박할 위친가?"

"아뇨, 아뇨. 저는 그런 뜻이 아니라⋯⋯."

한은정이 당황한 듯 손을 내저었다.

"2년 차면 2년 차다운 행동을 해. 다른 선생들 말을 들어보니 요즘 가관이라면서?"

"네? 그건 또 무슨 말씀이신지?"

"자네 어머니 때문에 업무에 소홀하다는 소리가 자자해. 한 선생! 심정이야 충분히 이해는 가지만, 최소한 공사는 구분해야 되는 거 아닌가."

"그게 아니라⋯⋯."

"됐고, 조직 검사 결과는 아무런 문제가 없고 수술은 예정대로 진행될 거니까 그런 줄 알아."

"⋯⋯."

"뭐야? 교수 말이 말 같지가 않아?"

"아, 아닙니다. 알겠습니다."

"그래, 더 할 얘기 없으면 나가 봐."

"네, 알겠습니다. 다만 교수님."

"왜? 뭐 더 할 말이 남아 있나?"

"이번 수술, 잘 부탁드립니다."

"그래, 최선을 다할 생각이니까 걱정 말고 자네 어머니나 잘 위로해 드려."

"네, 알겠습니다."

이렇게 김은숙 간호부장의 눈 가리고 아웅 전략은 나름대로 성공을 거두었다.

❤

그리고 열흘 후, 난 한은정의 어머니께 김은숙 간호부장의 눈 가리고 아웅 전략을 설명해 주며 간신히 그녀를 설득할 수 있었다.

"엄마, 아무 걱정 마. 수술 잘될 거야."

"그래, 내 딸. 고마워."

"고맙긴. 내가 더 고맙지. 엄마가 이렇게 마음을 바꿔 줘서요."

"너, 정말 괜찮은 거지?"

"그럼, 폐 일부분만 떼어 내는 거야. 그것도 한쪽만. 그러니까 아무 걱정 마.”

“그래도 생때같은 내 자식 폐를.”

“쓸데없는 소리 말라니까? 아마 한숨 푹 자고 일어나면 모든 것이 예전으로 돌아가 있을 거야. 이제 걸어도 숨 안 차고, 엄마 좋아하는 곱창도 맘껏 먹을 수 있어.”

“예쁜 우리 딸! 엄마가 정말 미안해.”

“또 그런다! 그런 말 말라 했지? 엄마가 왜 미안해? 내가 미안하지.”

“은정아?”

“어, 엄마.”

“엄마는 네가 엄마 딸이어서 너무 행복해. 다시 태어나도 엄마는 우리 은정이 엄마로 태어나고 싶어.”

“나도, 엄마! 다음 생엔 꼭 엄마 딸로 태어나고 싶어.”

“너, 지금 뭐라고 했니?”

“뭐? 내가 뭐라고 했는데?”

“방금, 뭐라고 했잖아.”

“한은정 선생님, 이제 수술방으로 옮겨야 해요.”

병실 앞에 대기하고 있던 남자 간호사들이 스트레처 카를 밀고 병실 안으로 들어왔다.

“엄마, 이제 수술방에 들어가야 해. 얘기는 나중에 하자.”

한은정이 일어나려는 그녀의 어깨를 지그시 눌렀다.

“그, 그래, 알았어.”

"한 선생도 이제 준비해야죠. 얼른 움직입시다."

또 다른 스트레처 카가 병실 안으로 들어왔다.

"네, 윤찬 쌤. 정말 감사해요."

"감사는 무슨. 은정 쌤도 한숨 푹 자요. 일어나면 모든 것이 잘되어 있을 테니까."

"네, 선배님. 수술 잘 끝나면 제가 한턱 쏠게요."

"당연하죠. 그럼 안 쏘려고 했어요? 그동안 고생했던 거이자까지 다 쳐서 받을 거야, 정말."

"네네, 우리 제대로 진검 승부 해요. 참, 저 윤찬 쌤한테 고백할 거 하나 있는데……."

"네? 고, 고백이요?"

"뭐야, 얼굴은 왜 빨개지고 그래요?"

"아니, 뭐."

"사실 지난 환영회 때 말이에요. 저, 실수했거든요."

"실수요?"

"네. 사실, 그날 저…… 윤찬 쌤 옷에다 오바이트했어요. 모르실 것 같아서."

"아하, 그랬구나. 난 또 뭐라고."

"실망하셨어요? 너무 시시해서?"

"아뇨, 그러면 세탁비까지 같이 받아야 하나요?"

"네. 그래서 제가 윤찬 쌤, 티셔츠 하나 사 놨는데, 정신이 없어서 아직 못 드렸어요. 나중에 수술 끝나면 그때 드릴게요. 저 남자한테 옷 선물 처음이에요. 영광인 줄 아세요."

한은정 선생이 나를 보며 환하게 웃었다.

"아, 네. 잘 입을게요."

"너무너무 감사해요."

"아뇨, 그 인사, 수술 끝나고 받을게요. 우리 파이팅합시다!"

"네."

네 개의 수술방, 간호사, 의사를 포함한 53명의 수술진이 참여하는 대수술.

연희병원 보드진을 포함해 주요 대학 병원 원장들, 정부 관계자 등. 국내 의료계 주요 인사들이 찾아와 역사적인 수술을 참관하고 있었다.

"김윤찬 선생, 이런 수술 처음이지?"

쏴아.

스크럽대에 선 고함 교수가 물었다.

"네, 교수님. 저도 참여할 수 있게 해 주셔서 감사합니다."

"아냐, 이번 수술, 자네 아니었으면 할 수도 없는 수술이었어. 당연히 자네가 참여해야지."

"네, 최선을 다해 보필하도록 하겠습니다."

"그래, 자네에게도 좋은 경험이 될 거야. 모든 과정, 하나하나를 눈에 담아 두도록 해."

"네, 교수님."

"그나저나 한은정 선생은 정말 모르는 거지?"

"네, 다행히도 잘 넘어갔어요. 김은숙 부장님 덕분에."

"그러게. 하여간 짬밥은 무시할 수 없는 것 같아. 이런 방법이 있을 줄은."

"그러게요."

"자, 이제 환자 살리러 들어가 볼까?"

"네, 그러시죠."

"후우, 지금 이 순간은 언제나 떨려. 수십 년이 지났는데도 말이야."

"잘하실 겁니다."

"암, 그래야지. 들어가자고!"

"네, 교수님."

팡, 팡팡.

고함 교수가 들어오자 환한 조명이 그를 맞았다.

"어서 오십시오, 교수님!"

수술 준비에 한창이던 의료진이 정자세로 고함 교수를 맞이했다.

　-아! 아! 마이크 테스트!

　장태수 원장이 참관석에 앉아 마이크를 집어 들었다.

　-고 교수, 들리나?

　"네, 원장님. 말씀하십시오."

　-후우, 내가 괜히 긴장이 되는군. 준비는 잘된 거지?

　"네, 아직까지는 괜찮습니다."

　-좋아, 자네 어깨에 우리 병원의 운명이 걸려 있네. 최선을 다해 주기 바라.

　긴장했는지 장태수 원장의 목소리가 미세하게 흔들렸다.

　"네."

　-그래요. 국내뿐만 아니라 전 세계가 고 교수와 연희병원을 지켜보고 있습니다. 반드시 성공합시다, 고 교수!

　"네, 최선을 다하겠습니다."

　원장과의 대화가 끝나고 본격적인 수술에 들어갈 시간, 숨이 막힐 듯 무거운 공기가 수술실을 가득 메웠다.

　일사불란하게 움직이기 시작하는 의료진들.

　각자 맡은 바 최선을 다하기 위해 자리를 잡았다.

　"김준용 선생, 각 수술방 모니터 연결해 주세요."

　의료진 간의 유기적인 협력이 무엇보다 중요한 수술.

　최적의 이식 조건을 유지하기 위해서 모든 방에서 동시에 수술이 진행될 예정이었다.

1번 수술방엔 한은정 선생의 어머니, 2번 수술방엔 한은정 선생, 3번 수술 방엔 한은정의 이모 그리고 한은정과 그녀의 이모 폐를 적출한 후, 중간 처리를 할 4번 수술방까지.

네 개의 수술방의 상황이 담긴 대형 모니터가 켜지면서 본격적인 수술 시작을 알렸다.

"2번 수술방! 준비됐습니까?"

고함 교수가 2번 수술방을 호출했다.

"네, 교수님. 시작하셔도 좋을 것 같습니다."

신선 교수가 모니터를 통해 오케이 사인을 보냈다.

"3번 수술방! 환자 폐 적출되는 대로 바로 중간 처리 할 수 있도록 준비 철저히 부탁합니다."

"네, 교수님!"

3번 수술방도 완벽하게 준비돼 있었다.

"좋습니다! 의사로서 한 점 부끄러움이 없는 수술이 되도록 합시다!"

다시 한번, 고함 교수가 의지를 다졌다.

"네!"

"네!"

대형 모니터에 모습을 드러내는 의료진들. 하나같이 비장한 표정이었다.

"시작합시다, 김정은 선생!"

고함 교수가 깊게 심호흡을 한 후, 간호사를 향해 손을 내밀었다.

13시간의 사투.

수술은 대성공이었다.

고함 교수의 노련함이 빛을 발했고, 고함 교수를 지원한 다른 과의 교수들도 혼신의 노력을 다한 결과였다.

짝짝짝!

"완벽해! 고함 교수, 수고했소."

13시간 동안, 숨죽이며 모든 수술 과정을 지켜보던 장태수 원장이 비로소 안도의 한숨을 내쉬었다.

"저보다는 스탭들이 고생이 많았습니다. 다들 고생했습니다!"

피 칠갑을 한 고글을 벗어 던진 고함 교수가 안도의 한숨을 내쉬었다.

"우리나라에서 생체 폐 이식 수술을 성공하다니! 정말 감격적입니다."

"윤 교수, 말조심 좀 하지? 이건 수술이 아니라 임상 연구야."

"아, 맞다! 제가 잠시 착각을."

"하하하, 괜찮아, 스피커 잠가 놨으니까."

꼬박 13시간 동안, 허리 한 번 펴지 않았던 그였지만, 표정에 피곤한 기색은 보이지 않았다.

정말 대단해!

나 역시, 뇌사자 폐 이식 수술은 몇 차례 해 본 적 있지만, 생체 폐 이식은 논문이나 외국 사례들만 접했지 직접 해 본 적은 없었다.

물론, 눈으로 직접 확인한 것도 이번이 처음이긴 하지만.

아무튼, 고함 교수 역시, 처음 해 본 수술이었음에도 불구하고 그 특유의 노련함에 화려한 손 기술이 시너지 효과를 내며 성공적으로 수술을 마무리할 수 있었다.

우리나라 흉부외과 사상 최초의 생체 폐 이식 수술. 대한민국의 새로운 역사가 탄생되는 순간이었다.

아무튼, 멋졌다.

이식 후 초기엔 수술 합병증으로 기관지, 폐동맥, 폐정맥이 급격히 좁아지는 협착증이 나타날 수 있었고, 고농도의 면역억제제를 사용하기 때문에 감염의 위험이 높았다.

단순한 감기 정도도 치명적일 만큼 면역력이 떨어졌으며, 신장 기능 또한 떨어져 있었다.

수혜자들 역시 약 25% 정도의 폐 기능이 떨어졌기에 이를 회복하기 위해서는 재활의학과를 통한 호흡 재활을 꾸준히 해야 하는 상황이었다.

하지만 한은정 선생, 그녀의 이모, 그리고 어머니인 박은영까지 힘든 과정을 견뎌 냈고, 모두들 점차 체력을 회복하고 있었다.

"은정 쌤, 컨디션은 좀 어때요?"

"아주 좋아요."

"음, 혈압 체크 좀 할게요."

"네."

"와우! 120에 81이네요? 저보다 좋은데요?"

"그래요?"

"네, 이제 서서히 복귀 준비하셔도 될 것 같아요. 가뜩이나 일손 딸리는 흉부외과인데, 언제까지 이렇게 누워만 있을 겁니까?"

"그러게요. 저도 몸이 근질근질하네요. 내일이라도 당장 퇴원할까요?"

"워워, 무슨 농담을 다큐로 받아들이십니까? 당장은 무리예요. 아직 호흡 재활도 끝나지 않았으니, 이번 기회에 충분히 체력 회복하세요."

"윤찬 쌤이 고생할 것 같아서 그러죠."

"저보다는 택진이가 더 고생이죠."

"왜요?"

"고함 교수님이 한 선생 파트 전부 이 선생한테 넘겼거든요."

"어머, 어떡해!"

"괜찮아요. 녀석이 체력 하나는 헤라클레스급이니까요."

"아이고."

"괜찮다니까요. 그 녀석은 고생 좀 해야 합니다."

"그래도."

한은정이 미안한 듯 얼굴을 붉혔다.

"괜찮아요. 나중에 밥 한 끼 사 주면 그만이에요. 녀석이 단순하거든요."

"택진 쌤도 참 좋은 분이세요."

"네, 정 많은 놈이죠."

"그나저나 엄마는요?"

"네, 순조롭게 재활 중이세요. 한 선생도 알다시피, 어머님의 폐가 완전히 제 기능을 발휘하려면 적어도 6개월은 걸려요. 거부반응을 막기 위해 고농도의 면역억제제를 사용하기 때문에 부작용이 좀 있을 수 있을 겁니다."

"물론 그렇겠죠."

"네. 다만 어머님이 워낙 의지가 강하시고 재활도 꾸준히 받고 계셔서 상태는 아주 좋아요."

"감사해요. 윤찬 쌤, 아니었으면……."

"제가 뭐 한 게 있나요."

"아니에요. 이 수술 우리나라에선 금지된 수술이란 거, 저도 잘 알아요. 임상 연구 아이디어도 윤찬 쌤 머리에서 나온 거라면서요. 정말, 고마워요. 이 은혜를 어떻게 갚아야 할지 모르겠네요."

"그냥 은근슬쩍 넘어가려고 그랬음?"

"네?"

"내가 평생 우려먹을 거니까, 그런 줄 아세요. 앞으로 내 당직도 대신 서 주고, 저 바쁠 때 대타도 해 주고 기타 등등. 내가 다 뽑아 먹을 겁니다."

"네네! 제가 다 대신해 드릴게요."

"좋아요! 일단, 회복부터 하고 봅시다. 아주 제대로 우려 먹을 테니까."

"네. 정말 고마워요, 윤찬 쌤!"

"그래요. 얼른 회복해요. 그래야 우리 진검 승부도 벌이죠."

"네, 그렇게 해요."

한은정이 입가에 엷은 미소를 띠었다.

"그럼 저 갈 테니까, 푹 쉬어요."

"네. 수고해요, 윤찬 쌤!"

"다행이야. 안 맞을 줄 알았는데."

김윤찬이 나가자 한은정 선생이 침대에 몸을 누이며 혼잣말로 중얼거렸다.

사자와 하이에나

한은정은 자신이 박은영의 친딸이 아님을 알고 있었다.

하지만 그 누구도 두 사람이 친모녀지간이 아니라는 걸 입밖에 내는 사람은 없었다.

그렇게 시간이 흘러, 박은영은 어느 정도 회복되어 퇴원할 수 있었고, 완전히 회복된 한은정 선생 역시 현업에 복귀할 수 있었다.

제3수술방.

관상동맥 우회 수술이 한창이었다.

"헤파린(혈액응고 방지제) 지금 투여합니다!"

"펌프 온!"

"펌프 온!"

한상훈 교수가 선창하자 의료진이 후창한다. 수술방에선 늘 있는 일로 다시 한번 오더 내용을 확인하는 과정이었다.

"환자 체온 내립시다."

"쿨링 다운."

"바이패스 돌아갑니까?"

"네, 지금 작동 시작했습니다, 교수님."

"심장 멈췄나요?"

"네, 교수님."

"환자 체온 몇 도예요?"

"네, 28.5도입니다."

"이제 그만 내려요, 적당하니까."

각자 맡은 위치에서 최선을 다하는 의료진.

저 자리에 서서 메스를 잡았던 일들이 주마등처럼 스쳐 지나갔다. 하지만 지금은 퍼스트도 제2조수도 아닌, 제3조수의 자리였다.

혈액이 모자라면 바로 뛰어 나가야 하는 3분 대기조였다.

어? 저 인간 또 혼나겠네. 시야가 가리잖아. 혼나기 전에 얼른 비키지 않고.

바둑도 직접 두는 사람보다 훈수하는 사람이 잘 본다고, 확실히 제3조수석에 서서 객관적인 시선으로 보니, 시야가 넓어지는 것 같았다.

아니나 다를까.

"야, 지금 시야 가리잖아! 저리 안 비켜?"

"죄송합니다, 교수님!"

한상훈 교수가 목소리 톤을 높이자, 수련의가 벌게진 얼굴로 몸을 비틀었다.

이쯤 되면 독심술이라 해도 과언이 아니리라.

아이고, 아줌마, 그거 말고 니들 홀더를 주셔야죠. 정신 안 차릴래요? 그러다가 심장 작살나요!

수술방에 일어나는 모든 과정이 한눈에 들어왔다. 깨알 같은 실수들도 놓치지 않았다.

"그거 말고 니들 홀더를 줘야 할 거 아냐!"

"아, 네. 교수님, 죄송합니다."

역시나, 한상훈 교수가 짜증 섞인 어투로 투덜거렸다.

이렇게 자잘한 실수는 있었지만 대체적으로 무난하게 수술이 진행되고 있었다.

그만큼 한상훈 교수의 실력도 일정 수준 이상으로 올라온 듯싶었다.

손놀림은 경쾌했으며, 칼 같은 그의 성격만큼이나 메스는 정확하고 날카로웠다.

아악!

그 순간, 찢어지는 비명 소리가 수술방을 가득 메웠다.

이수정 간호사가 양손으로 입을 틀어막았다.

갑작스러운 정전.

수술방의 모든 전원이 끊겨졌다. 순식간에 수술방이 암흑 천지로 변해 버렸다.

"뭐, 뭐야?"

한상훈의 목소리가 갈라져 나왔다.

너무 걱정 마라, 보조 전원 있으니까 곧 불 들어올 거야.

"전기가 나간 것 같습니다!"

"보조 전원은?"

"네, 연결했으니 곧 들어올 겁니다."

팟, 파팟, 파파팟.

잠시 후, 다시 전원이 들어왔고 모든 것이 원상 복구됐다.

병원의 경우, 갑작스러운 정전에 대비해 보조 전원 장치가 마련돼 있었다.

휴우.

한상훈 교수가 가슴을 쓸어내렸다.

하지만 그것도 잠시.

생각지도 못한 대형 사고가 터져 버리고 말았다.

"어, 어! 이, 이게 왜 이래?"

"무슨 일이야?"

"기계가 멈췄습니다, 교수님!"

체외 심폐 순환기가 멈춰 선 것. 초대형 사고였다.

"당장 박 기사 데리고 와, 당장!"

이건 전원이 나간 것보다 더 심각한 상황이었다. 사람의 심장을 대신하는 체외 심폐 순환기가 멈췄다는 건, 심장마비가 온 것과 같은 상황이었다.

"박 기사, 괜찮은 거예요?"

"아, 아뇨. 저도 잘 모르겠습니다. 아무래도 크랭크가 나가 버린 것 같은데……."

박 기사의 낯빛이 굳어졌다.

"고칠 순 있는 겁니까?"

"네, 그렇긴 한데, 시간이 좀 걸릴 것 같습니다. 부품도 가져와야 해서."

"얼마나?"

한상훈 교수의 입술 바짝 말라 있었다.

"아마, 한 30분 정도 걸릴……."

"미쳤어요? 그 시간이면 환자 죽어!"

체외 심폐 순환기의 원리는 간단했다.

수술 도중엔 혈액을 냉각하고 칼륨을 투여해 심장을 멈추게 하고, 수술 후에는 기계가 혈액을 데운 후 칼륨을 씻어 내 심장이 다시 박동하게 해 주는 시스템이었다.

이 모든 과정이 대략 15분 안팎이니, 30분이면 모든 것이 끝장날 시간이었다.

심장이 몇 분만 멈춰도 치명상을 입는 인간의 장기임을 감안할 때, 절체절명의 위기였다.

"어, 어? 이거 왜 이래?"

설상가상, 더 심각한 문제가 다른 곳에서 터져 버렸다.

"왜요?"

"환자 혀, 혈압이 떨어집니다. 어, 어떡하죠? 급격히 떨어집니다!"

미친 속도로 떨어져만 가는 혈압. 호흡, 맥박 등 환자의 모든 바이탈 수치가 최악이었다.

"젠장, 미치겠네!"

"도파민(승압제)이든 도부타민(교감신경 흥분제)이든 다 때려 부어!"

한상훈 교수의 목에 힘줄이 툭툭 튀어나왔다.

"네, 알겠습니다."

"지, 지금은 어때요?"

"안 돼요. 안 잡혀요! 바이탈도 최악입니다. 이러다가 어레스트 오겠는데요?"

최악의 상황. 마취과 고요한 교수의 목소리가 갈라져 나왔다.

"재수 없는 소리 집어치우세요!"

한상훈 교수가 벌게진 얼굴로 어쩔 줄 몰라 했다.

"교수님, 진정하세요. 흔한 일입니다."

일단 흥분된 한상훈 교수를 안정시킬 필요가 있었다.

"네가 뭘 안다고 지껄이는 거야!"

"일단, 환자 뇌 산소 포화도가 얼마나 되는지 확인을 하셔야 할 것 같습니다."

"……."

멘탈이 흔들렸는지 한상훈이 당황스러운 표정을 지었다.

"이수정 간호사님, 지금 환자 산소 포화도는요?"

"네, 45 정도 됩니다."

뇌 산소 포화도가 45 정도라면 뇌로 가는 혈류 속도가 상당히 떨어져 산소 공급이 원활하지 않다는 것. 자칫 뇌에 치명상을 입을 수도 있는 상황이었다.

이러다가 심장은 고사하고 뇌사가 올 수도 있어!

"수영 간호사님, 아트로핀(부교감신경 차단제) 투여하고, 산소 분압 최대로 올려……."

"너, 지금 나 무시하는 거야?"

그러자 한상훈이 송곳니를 드러냈다.

"아뇨, 그게 아니라."

"그러면 제3조수답게 굴어. 까불지 말고!"

"네, 알겠습니다."

"산소 분압 올리고, 뇌 산소 포화도 1분 단위로 확인해 줘!"

이제야 어느 정도 정신을 가다듬었는지 한상훈 교수가 오더를 내렸다.

"네."

"산소 포화도는?"

"안 오릅니다!"

하지만 좀처럼 환자의 산소 포화도는 정상 수치에 다다르지 못했다.

"산소 분압 최대로 올려!"

"네."

"지금은?"

"마찬가집니다! 교수님, 어떡하죠?"

"젠장!"

최악의 상황, 조금만 꾸물거려도 Table Death가 올 수도 있는 상황이었다.

"개흉 마사지!"

"개흉 마사지!"

그 순간, 동시에 터진 높낮이가 다른 두 개의 목소리. 하나는 한상훈의 것이었고 남은 목소리의 주인공은 나였다.

방법은 그것뿐이었다.

"넌, 내려가. 나 혼자 할 테니까."

내가 수술대 위로 올라가자 한상훈이 턱짓을 했다.

"저도 돕겠습니다! 교수님 혼자서는 무리입니다."

"지금 날 가르쳐?"

"아뇨, 환자를 살리려는 마음뿐입니다. 제가 돕겠습니다."

"됐어! 천 선생, 김 선생 끌어 내리고 당신이 올라와."

"네, 알겠습니다."

"김윤찬이, 좋은 말로 할 때 내려와라."

"네에."

천기수가 거칠게 내 팔목을 잡아끌었다.

그렇게 시작된 개흉 마사지.

개흉 마사지라고 특별한 건 없었다. 벌어진 가슴 사이로 손을 집어넣어 멈춘 심장을 주무르는 것이 다였다.

하지만 환자의 가슴 속에 양손을 집어넣은 한상훈 교수의 손이 미세하게 흔들렸다.

이미 정신적 공황 상태가 온 것이 틀림없었다.

보조를 하고 있는 천기수 역시 마찬가지. 있으나 마나 한 인간이었다.

20여 분, 한상훈 교수는 그저 리듬에 맞춰 환자의 심장을 쥐어짤 뿐이었다.

"교수님, 오더 주시죠!"

"뭐, 뭐라고?"

한상훈이 비지땀을 흘리며 고개를 돌렸다. 정신이 없어 보였다.

"그게, 오더를 주셔야⋯⋯."

"무슨 오더?"

개흉 마사지로 어느 정도 심장이 돌아왔다면, 그다음은 혈액을 따뜻하게 데워, 체액과 함께 정맥주사를 해야 한다.

그렇게 칼륨을 씻어 내지 않는다면 개흉 마사지를 할 이유가 없으니까.

한상훈 교수가 이를 모를 리 없다.

하지만 패닉에 빠진 그였기에 머릿속이 하얀 상태이리라.

"지은 간호사님, 혈액 데워 주시고 바로 정맥주사 해 주세요."

"네, 알았어요."

"야, 천 선생! 쟤 수술방에서 내보내, 정신 사나우니까."

"네, 알겠습니다."

"김윤찬, 너 당장 수술방에서 나가!"

"……."

"지금 개겨? 지금 교수님 말씀 못 들었어? 지금 당장 나가라고 하시잖아!"

"천 선생, 너나 나가라! 후배 보기 창피하지도 않아? 지금 환자 다리 붙잡고 마사지하냐? 당장 꺼져!"

그 순간, 고함 교수가 수술방 안으로 들어왔다.

"네, 교수님, 죄송합니다."

"이런 한심한 놈을 봤나? 잘하고 있는 후배는 왜 못 잡아먹어서 안달이야? 당장 내 눈앞에서 사라져!"

"그게……."

천기수가 한상훈의 눈치를 봤다.

"당장 안 꺼져? 너 내 손에 죽어 볼래?"

"아, 알겠습니다."

고함 교수가 눈을 부라리자 그때서야 천기수가 뒷걸음질 쳤다.

"한 교수, 내려와."

"네?"

"밖에서 살펴보니까 아주 가관이더군. 당신 그러다가 환자 죽이겠어. 당장 베드에서 내려오라고."

"제 환자입니다!"

"그러니까 내려오라고. 자네 환자 괜히 죽이지 말고."

고함 교수가 미간을 찌푸렸다.

"제가 할 수 있습니다."

"할 수 없어. 지금 자네 손이 어떤 줄 알아?"

고함 교수가 한상훈의 손끝을 가리켰다.

"이, 이게 왜요?"

부들부들 떨리는 그의 손가락.

개흉 마사지가 끝나면 최대한 신속하게 작업하던 관상동 맥을 전부 봉합하고, 가슴을 닫은 후 곧바로 중환자실로 옮 기는 것이 상책이었다.

하지만 지금 한상훈의 몸 상태라면 불가능한 상황이었다.

"그 손으로는 바늘하고 실도 못 잡아. 당신, 곧 있으면 교수 심사인 걸로 아는데, 떨어지고 싶어?"

"……."

한상훈 교수의 얼굴이 붉으락푸르락했다.

"자네 교수 되는 건 내 알 바 아니지만, 환자 죽일 생각이 아니라면 당장 내려와. 당장!"

"……."

그때서야, 한상훈이 베드에서 내려왔다.

"윤찬 쌤이 퍼스트 서!"

"네? 제가요?"

"그래, 정선분원에서도 여러 번 서 봤다면서?"

"아, 네."

"그럼 됐어. 지금부터 관상동맥 봉합하고 가슴 닫는다."

"네, 알겠습니다."

"한 교수는 나가서 좀 쉬어. 여기 마무리는 내가 할 테니까."

"……."

한상훈이 말없이 고글을 벗어 던지더니 밖으로 나갔다.

"하여간 저 새끼는 정을 주려야 줄 수가 없어. 이제 대가리 좀 컸다고 위아래도 없다니까."

쯧쯧, 고함 교수가 한상훈 교수의 뒤에 대고 입을 삐죽거렸다.

"자, 그럼 시작합시다! 30분 내로 열린 관상동맥 다 닫습니다. 정신들 바짝 차립시다!"

"네, 교수님!"

고함 교수가 간호사로부터 바늘과 봉합사를 넘겨받았다.

대형 사고

고함 교수는 침착하게 한상훈 교수가 작업 중이던 관상동맥을 전부 연결했고, 환자는 급히 중환자실로 이송됐다. 조금만 늦었어도 생명이 위태로울 수 있는 아찔한 순간이었다.

고함 교수 연구실.

환자가 중환자실로 옮겨진 후, 한상훈 교수가 고함 교수실을 찾아갔다.

"수고 많으셨습니다."

한상훈 교수가 정중히 인사했다.

"수고는 무슨. 이런 거 하라고 남들보다 월급 더 받는 거 아냐?"

"……."

"그나저나, 무슨 일이야? 칭찬이나 하자고 내 방에 찾아왔을 리는 없고."

"꼭 그렇게 하셨어야 합니까?"

"뭘?"

"애들 앞에서 그렇게 모욕을 주셔야 했나요?"

"모욕? 뭐가 모욕인데?"

"제 환자였습니다. 그리고 저는 집도의였고. 마무리는 제가 하도록 해 줬어야 했습니다."

"지랄한다, 씨."

"네? 지금 뭐라고 하신 겁니까?"

"그걸 지금 모욕이라고 한 건가?"

"당연하죠. 이렇게 되면 위계질서가 완전히 무너져……."

"이 사람아, 정신 차려! 위계질서가 중요해?"

"중요합니다, 제겐!"

"미친! 그 잘난 위계질서 지키려다 잘못되면? 환자 가족은 억장이 무너져! 무슨 개똥 같은 소리를 지껄이는 거야? 그런 말도 안 되는 소리 하려거든, 당장 나가!"

"교수님은 항상 이런 식입니다. 그 상황에서도 교수님은 직접 나서시면 안 됐습니다. 제게 기회를 주셨어야죠!"

"기회 같은 소리 하네! 덜덜 떨리는 네 손을 보고도 그런 소릴 해?"

"할 수 있었습니다!"

"어느 세월에?"

"……"

"눈 풀어, 부러질 것 같으니까."

"다시는 이런 일이 없었으면 합니다."

"그럼 실력을 키워, 자존심을 키우지 말고. 우리가 쥐는 칼은 사람을 살리기도 하지만 멀쩡한 사람을 죽이는 합법적인 흉기가 될 수도 있으니까. 넌, 오늘 사람을 죽일 뻔했다는 걸, 명심해."

"사고였습니다."

한상훈 교수가 목에 핏대를 세웠다.

"사고는 개뿔! 수술 전에 체외순환기 점검은 했어야 하지 않나? 기계는 죄가 없어, 전부 사람이 잘못하는 거지."

"……"

한상훈 교수가 어금니를 깨물며 고함 교수를 응시했다.

"네 눈은 너무 차 있어. 좀 비워 내는 게 좋을 거야."

"그게 무슨 말씀이십니까?"

"탐욕, 명예욕, 출세욕, 허영심 기타 등등. 있는 거 없는 거 할 것 없이 꽉 차 있어."

"병원도 일종의 조직입니다. 조직의 계층구조 내에서 위로 올라가려는 것이 나쁩니까?"

"나빠, 아주 나빠. 그러니까 환자가 들어갈 틈이 없잖아.

네 직업이 뭔지 생각해 보길 바라. 넌, 회사원이 아니야, 사람 살리는 의사지."

"알겠습니다. 다만, 앞으로는 절대 이런 일이 벌어지지 않을 거라고 약속해 주십시오."

"알았으니까 네 의술부터 정비해. 내가 보니까 이곳저곳 고장 난 데가 많으니까 말이야. 괜히 멀쩡한 사람 잡지 말고. 나, 회진 돌아야 하니까 그만 나가 봐."

"네."

한상훈 교수는 양 볼이 툭 튀어나오도록 어금니를 악다물었다.

−코드 제로, 코드 제로. 응급 환자 발생! 원내에 계시는 외과 선생님들은 바로 응급실로 와 주십시오. 다시 한번 말씀드립니다. 코드 제로, 코드 제로⋯⋯.

고함 교수와 몇몇 흉부외과 교수들이 학회에 나가 있는 사이, 대형 사고가 터져 버렸다.

응급실.

하나, 둘, 셋⋯⋯.

들것에 실린 환자.

더 이상 숫자를 센다는 것이 무의미할 정도로 쉴 새 없이 환자들이 밀려들어 오고 있었다.

으아아악!

"살려 주세요!"

"진통제! 진통제라도 놔 주세요."

"죽을 것 같아요!"

으아아악!

대형 버스가 전복되는 사고가 발생해 응급 환자들이 대거 실려 왔다.

찰칵, 찰칵.

비명 소리와 함께 터져 나오는 카메라 셔터 누르는 소리. 어떻게 알았는지 기자들이 몰려와 진을 치고 있었다.

"비켜요! 비켜! 기사도 좋지만 이렇게 입구를 막고 있으면 어떡합니까?"

구급대원들이 신경질적으로 기자들을 밀쳐 내며 응급실 안으로 환자를 실어 날랐다.

차마 눈 뜨고는 볼 수 없는 참사의 현장이었다.

날카롭게 고막을 파고드는 비명 소리. 피비린내가 섞인 알싸한 알코올 냄새가 코끝을 자극했다.

가볍게는 찰과상이나 타박상을 입은 환자에서부터 얼굴 형태를 알아볼 수 없을 정도로 피를 뒤집어쓴 환자, 팔다리가 잘려 나가 덜렁거리는 환자까지.

아비규환이란 단어 말고는 딱히 떠오르는 단어가 없었다.

응급실은 전쟁터, 야전병원과도 같았다.

"이, 이게 어떻게 된 겁니까?"

황급히 1층으로 내려간 한상훈 교수가 구급대원의 팔을 붙잡았다.

"네, 삼호터널에서 사고가 났어요. 중앙선을 침범한 차량이 버스를 정면으로 들이받았습니다! 그로 인해 12중 추돌 사고가 발생했고요."

"지금, 환자가 얼마나 더 있죠?"

"아, 그게……. 최대한 가까운 병원으로 분산시켜 옮기고 있는 중인데, 아무래도 지금부터 10여 명은 더 들어올 것 같습니다."

이미 응급실은 만석. 자칫 잘못하면 야전병원처럼 천막을 치고 임시 응급실을 만들어야 할지도 모르는 상황이었다.

대충 환자는 40여 명. 응급의학과, GS(일반외과), 흉부외과 전문의, 전공의를 전부 포함해도 현재 가용 인력은 열 명 내외. 절대적으로 의료 인력이 부족한 상황이었다.

"이쪽으로 잠시 모여 보세요."

잠시 후, 어느 정도 상황을 파악한 한상훈 교수가 의사들을 불러 모았다.

의료진이 우왕좌왕하고 있기에 정리, 정돈이 필요했다.

"교수님, 이러고 있을 시간이 없다고요."

응급의학과 장학수가 떨떠름한 표정을 지었다.

"정리를 합시다. 지금 이대로는 안 돼요."

"보시다시피 지금 여기 아수라장입니다. 그럴 시간이 없어요."

장학수가 피가 섞인 땀방울을 훑어 내며 말했다.

"네, 저도 알고 있습니다. 그래서 말인데, 이렇게 막무가내로 환자를 받았다가는 죽도 밥도 안 될 것 같아요. 일단 중증, 경증 환자들을 분리해야 할 것 같습니다. 우선 환자를 분리하고 의사들을 배분해야 효율적으로 대처할 수 있어요."

"네, 그렇긴 한데, 지금 이 상황에서 어떻게 환자 분리를 합니까? 육안으로는 파악하기……."

"제가 분리토록 하죠."

"네? 아니, 화타도 아니고 어떻게 육안으로 파악을 한다는 겁니까? 각자 전공과도 다른데."

"장 선생님, 저 지금 선생님이랑 말씨름할 시간 없어요. 이러는 시간에 환자 한 명 더 보는 게 현명할 겁니다. 일단, 제가 하자는 대로 하시죠."

"이게 무슨 상황인지 모르겠네. 일이 잘못되면 교수님이 다 책임을 지셔야 합니다."

"책임질 일이 있다면 지겠습니다."

"뭐, 그렇게 하신다면야."

장학수가 마지못해 고개를 끄덕였다.

"이제, 시작해 봅시다."

한상훈 교수의 말에 따라 일사불란하게 움직이기 시작했다.

"김정호 선생, 민영환 선생!"

"네."

"두 사람은 10시 방향으로 이 베드를 옮기고 모자라면 바닥에 매트 깔아요."

"네."

"지금부터 두 사람은 이 환자들을 봅니다. 특별한 건 없고, 대부분 가벼운 스태브(자상)와 라썰레이션(열상) 환자들이니까, 응급조치하고 필요하다면 수처(봉합)까지 해 주세요. 수처 할 수 있죠?"

동공반사, 청진 등 기초적인 진료 후에 한상훈 교수가 과감하고 신속하게 환자를 분리했다.

"교수님, 잠시만요! 그래도 저 머리 쪽에 열상 입은 환자는 에코엔세팔로그래피(뇌 초음파검사)나 CA(뇌혈관 조영술) 해 봐야 하는 것 아닌가요? 어쩌면, 섭아라크노이드 헤모리지(지주막하 출혈)일지도 모르는데요?"

"지주막하 출혈 아닙니다. 그러니까, 괜한 걱정 하지 마세요."

장학수의 말을 귓등으로도 듣지 않는 한상훈 교수였다.

"아니, 그래도 검사를……."

"제 말대로 하세요! 사진 찍어서 뭐 하게요? 환자 죽으면 영정 사진으로 쓰려고 그럽니까?"

"그, 그게 아니라."

"진짜 우리나라 병원 이상해. 온갖 사진 찍어 대다 시간 다 보낸다고요. 그리고 결과는 '괜찮으니까, 퇴원하세요.'입니까? 봐요, 저게 지주막하 출혈인지! 딱 봐도 아니잖아요."

"……."

"이런 급박한 상황에서는 시간과의 싸움입니다. 지금 저 환자 신경 쓰다 다른 환자들 다 죽인다고요. 문제 생기면 제가 다 책임질 테니까, 제 말에 토 달지 마세요, 지금부터는!"

천둥 벼락 같은 목소리. 한상훈 교수가 눈을 부라리며 장학수를 노려보았다.

어이없게 속은 왜 후련하지?

솔직히 평소에 불합리하다고 생각하고 있던 것이라 속이 다 후련해지기는 했다.

이런 점은 확실히 한상훈 교수가 가지고 있는 장점이긴 했다.

"하아, 네, 알겠습니다."

같은 펠로우였지만 한상훈이 훨씬 위 연차이기에 장학수가 꼬리를 내릴 수밖에 없었다.

"김정호 선생, 할 수 있죠?"

"네, 그 정도는 할 수 있습니다."

"네, 좋아요. 김정호 선생이 모든 경증 환자들을 책임지고 관리하는 겁니다. 혹시나, 누가 태클 걸면 제 이름을 팔아도 좋아요. 경증 환자 치료에 관한 모든 권한은 김 선생에게 있으니까요."

관리자라는 감투를 씌워 권한과 함께 책임을 부여하려는 의도.

확실히 한상훈은 사람을 어떻게 다루는지 아는 사람이었다.

"네, 교수님! 최선을 다하겠습니다."

역시나, 김정호가 고무된 표정으로 우렁차게 답했다.

이렇게 해서 분리된 환자는 26명.

모두 경증 환자였기에 세 사람의 전공의면 충분히 커버가 가능했다.

순식간에 집중 치료를 해야 할 환자 수가 40명에서 14명으로 줄어들었다.

이제 남은 환자는 14명, 의료진은 일곱 명. 의사당 환자 수는 세 명에서 두 명으로 줄어든 상황이었다.

분명 합리적인 선택이었다.

경증 환자가 쓸데없이 베드를 차지하며 중증 환자 치료를 지연시키지 않아도 됐으며, 의료진 또한 명당 환자 수가 줄어듦으로써 한결 여유가 생겼다.

"김윤찬 선생, 저쪽으로 가지. 나랑 할 일이 있어."

"네."

난 한상훈 교수와 함께 1시 방향에 있는 베드로 향했다.

"이 환자 병명이 뭐로 보여?"

한상훈 교수가 환자를 가리켰다.

"제가 MRI도 아니고……."

"그러면 진찰을 해 봐."

한상훈 교수가 부드러운 어조로 환자를 가리켰다.

"네, 알겠습니다."

"환자분, 어디가 불편하십니까?"

난 몇 가지 문진을 시작했다.

"가슴이 빠개지는 것처럼 아픕니다."

환자의 목 주변을 만져 보니, 피부가 마른 종이 만지듯 바스락거리는 느낌이었다.

주변을 눌러 보니 뽁뽁이를 누르는 것처럼 공기가 가득 차 있는 느낌이었다.

폐 허탈로 새어 나온 공기가 목 주변에 축적된 모양이군.

"숨이 많이 가쁘십니까?"

"네, 많이 가쁩니다. 숨을 쉴 수가 없어요. 게다가 어깨 통증이 너무 심해요."

하악, 하악.

환자가 숨쉬기가 힘든 듯, 가쁜 숨을 몰아쉬고 있었다. 게다가 손끝이 푸르게 변하는 청색증까지.

진단 끝!

"잠시 숨소리 좀 들어 보겠습니다."

청진기를 대 보니 호흡이 일정치 않고 점점 감소되더니, 급기야 소실되기 시작했다.

호흡곤란에 좌측 전흉부 통증, 외상성 뉴모소락스(기흉)가 틀림없었다.

"김윤찬 선생, 지금 뭐 해, 대답 안 하고?"

"아, 네, 교수님."

"뭐가 문제인지 몰라?"

"아뇨, 맞는지는 모르겠지만, 제 판단으로는 외상성 기흉 같습니다. 사고 당시, 차가 전복되면서 충격에 의해 폐 쪽에 충격이 있었던 듯합니다."

"그래? 근거는?"

"목 부위 피부가 바스락거리는 게, 폐 허탈로 인해 공기가 빠져나와 쌓여 있는 것 같아요. 손끝 청색증도 있고요."

"그러면 어떻게 해야 하지?"

"엔티(흉관 삽입술) 해야 할 것 같습니다."

"그래요? 그럼 해."

"네?"

"흉관 삽입술 하라고."

"교수님이 계신데, 제가 해도 되겠습니까?"

"상관없어. 해! 내가 눈으로 직접 확인해 보고 싶으니까."

고의적이다. 어떡하든 나를 자신의 발밑에 굴복시키려는

한상훈 교수의 의도였다.

"교수님!"

"왜?"

"제가 C-tube를 준비하고 있을 테니까, 17G 니들하고 50 밀리 실린지(흡인기)를 좀 가져다주시겠습니까?"

"뭐라고?"

"저보고 직접 삽관하라고 하셨잖습니까? 그러면 제가 집도의가 되는 거죠. 그러니 교수님께서 어시스트를 해야 하는 것 아닌가요?"

"김 선생, 지금 내가 잘못 들은 건가?"

순식간에 한상훈 교수의 안색이 변해 버렸다.

"아뇨, 제대로 들으신 것 맞습니다. 집도의가 있으면 어시스트도 필요한 거죠. 지금 상황을 보세요. 다들 정신없이 바쁘잖아요. 지금, 어시스트 할 사람은 교수님밖에 없는 것 같군요."

"재미있군. 좋아, 일리 있는 말이야. 다만, 문제가 생긴다면 그에 따른 책임도 져야 한다는 것만 알아 둬."

포기할 줄 알았는데, 하겠다고 덤빈다?

그의 입장에선 예상치 못한 결과일 것이다.

"네, 책임질 일이 있으면 지겠습니다. 전, 단지 교수님의 오더에 따랐을 뿐이니까요."

"만에 하나 환자한테 문제가 생긴다면, 그때는 각오하는 것이 좋을 거야."

"문제가 생긴다? 이해할 수 없군요. 생명이 위급한 환자를 앞에 두고 경험도 없는 전공의에게 시술하도록 오더를 내린 분이 하실 말씀은 아닌 것 같습니다. 저를 테스트해 볼 생각이 아니라면 말입니다."

"……."

전생에는 그토록 두려웠던 그.

실력이나 경험 모든 게 넘사벽이라고 생각했던 한상훈.

하지만 회귀해 보니 별거 아니더라.

그렇다면 굳이 변칙을 쓸 필요가 있겠나?

지금부터는 정공법으로 다스려 주리라.

"애초에 저에게 그런 말도 안 되는 오더를 내리시는 것 자체가 문제 아닙니까? 이 모든 상황을 상벌 위원회에 보고해 볼까요? 누구한테 더 잘못이 있는 건지?"

"지금 협박해?"

"협박이 아니라 사실 관계 체크라고 해 두죠."

"알았어, 김 선생은 비켜, 내가 할 테니까."

"어렵지 않은 시술이라 별문제 없습니다."

"이제 겨우 2년 차인 주제에 당신이 뭘 할 줄 안다고 그래?"

"그러면 왜 시키신 겁니까? 환자가 마루타입니까? 제가 할 테니, 그보다 저기 이 선생이 보고 있는 환자한테 가 보시는 게 좋을 것 같은데요? 환자 상태가 심상치가 않은 것 같군요."

"교수님! 교수님!"

말이 떨어지기가 무섭게 레지던트 이태수가 부리나케 달려왔다.

"뭡니까?"

"환자가 아무래도 심상치가 않습니다. 경정맥 팽대에 호흡곤란, 게다가 무엇보다 혈압이 계속 떨어집니다."

"알았어요. 바로 가겠습니다. 김 선생, 확인해 보고 올 테니까, 괜한 짓 하지 말고 대기해. 문제 일으키지 말고."

환자가 죽어 가는데 가만있으라는 게 말이 되나?

미드 클레비클(빗장 중간선) 라인을 따라 ICS(심장의 전기적 흥분 전도로) 확인.

베타딘(살균 소독제)으로 프렙한 후, 빗장뼈 라인을 손가락으로 느끼며 과감하게 바늘로 찌르면 끝.

'잘 들어갔어.'

다음은 니들(바늘)을 제거하고 카테터는 유지한 채, 실린지로 공기를 빼내면 끝이다.

삽관은 대성공이었다. 폐에 쌓여 있던 공기가 빠져나가기 시작했다.

"김윤찬 선생, 여기서 뭐 해?"

그 순간, 이제 막 학회에서 돌아온 고함 교수가 응급실을 찾았다.

"교수님 오셨습니까? 피곤하실 텐데, 어떻게 직접 내려오셨습니까?"

"상황이 이 지경인데, 그게 대수야. 내려와 거들기라도 해야지. 이거 야전병원도 아니고 난리네, 난리."

고함 교수가 고개를 흔들었다.

"그게 아니라 오늘 결혼기념일 아니세요? 제가 알기론 그런데."

"그렇지 않아도 그것 때문에 된통 당하고 오는 길이다."

"저희끼리 해도 되는데."

"하긴 뭘 해, 죄다 2년 차들뿐인데. 그나저나 이 환자, 삽관 네가 한 거야?"

"네, 맞습니다."

"그래? 예쁘게 잘했네. 공기도 잘 빼낸 것 같고."

"감사합니다."

"그것도 블라인드로?"

그러고 보니, 초음파도 없이 수술을 진행했었네?

"네, 환자 상태가 워낙 안 좋아서……."

"흠, 뭐, 잘됐으니까 상관없지만, 아무튼 넌, 사람 놀라게 하는 재주가 있는 것 같다."

"죄송합니다."

"환자분, 가슴 통증은 어떻습니까?"

고함 교수가 환자에게 다가가 청진기를 댔다.

"아, 네. 지금은 숨쉬기가 좀 편안한 것 같아요."

"아, 네. 어깨 통증은 괜찮나요?"

"네, 견딜 만해졌습니다."

환자의 표정이 좀 전보다는 훨씬 더 편해 보였다.

"네, 알겠습니다. 응급조치는 어느 정도 마무리됐지만, 추가적으로 검사를 좀 더 해 봐야 할 것 같으니까, 입원 수속 밟고 하루 정도 입원하시는 것이 좋을 것 같네요."

"네. 선생님, 감사합니다."

"뭐, 저한테 감사할 일은 아니고, 저기 계시는 김윤찬 선생이 응급조치를 너무 잘해서, 위험한 고비는 넘겼습니다."

고함 교수가 나를 가리켰다.

"선생님, 정말, 정말 감사합니다."

"아닙니다. 제가 할 일을 했을 뿐인데요."

"김윤찬 선생, 일단 이 환자 일반 병실로 옮기고 입원 수속 밟도록 해요."

"네, 교수님."

"윤찬아, 긴급사태야! 빨리 수술방으로 가야 할 것 같아!"

그 순간, 이택진이 헐레벌떡 뛰어 들어왔다.

"뭐야?"

"아, 교수님 계셨습니까? 초응급 환자가 생겨서요. 지금 수술방에 들어가야 하는데, 어시스트 할 의사가 부족합니다."

"그래? 무슨 환자인데?"

"아직 확실한 건 아닌데, 탐폰(심낭압전)이 의심됩니다."

"천자는? 천자는 한 거야?"

"네, 한상훈 교수님이 하셨는데, 상태가 심각해서 바로 수술방으로 들어가셨습니다."

"한상훈 선생이 들어갔다고?"

"네, 그렇습니다. 조금 급합니다, 교수님! 지금 피도 모자라고 환자 상태도 좋지 않아서 고전 중에 계십니다. 되는 대로 레지던트들 집합시키라고 하셨습니다."

"알았어. 김윤찬 선생, 지금 바로 들어가 봐."

"그러면 이 환자분은?"

"내가 알아서 할 테니까, 빨리 가."

"아, 네, 알겠습니다."

나는 이택진과 함께 서둘러 수술방으로 향했다.

잠시 후, 수술방.

택진이와 함께 뛰어 들어간 수술방. 하지만 한창 수술이 진행되고 있어야 할 곳의 분위기가 썰렁했다.

"왜 이제야 기어 와?"

천기수가 버럭 소리를 질렀다.

"네? 죄송합니다."

굳이 해 봐야 먹히지도 않을 변명은 할 필요가 없었다.

"됐고! 빠닥빠닥 움직여라. 정신 줄 놓지 말고."

"네, 알겠습니다. 그나저나 교수님은요?"

수술방에 있어야 할 집도의가 보이지 않았다.

"가슴 닫으란다, 가망 없다고."

천기수가 한숨을 내쉬었다.

"네?"

"귀먹었어? 이미 틀렸다고 가슴 닫으래. 뭐 해?"

"말이 됩니까, 의사가 환자 가슴을 열어 놓고 이렇게 포기한다는 게?"

"당연 말이 되지. 집도의가 못 하겠다는데, 우리가 뭔 수로 막아? 나대지 말고 얼른 서둘러."

"선생님, 지금 교수님 어디 계십니까?"

"교수님은 찾아서 뭐 하게?"

"급히 여쭐 게 있어서 그래요."

"뭔 수작을 부리려고 그래? 얼른 가슴 닫고 나가 봐야 할 거 아냐?"

"빨리 말씀해 주세요! 지금 어디 계십니까?"

"이게 미쳤냐? 어디서 소릴 지르고 그래?"

천기수가 눈을 부라렸다.

"하하, 선생님! 지금 윤찬이가 피를 너무 많이 봐서 제정신이 아닌 것 같네요. 너그러이 용서해 주세요."

분위기가 험악해지자 이택진이 나섰다.

"뭐라고? 지금 엉기는 거야? 아주 개념을 쌈 싸 먹었나, 눈에 뵈는 게 없어?"

"죄송합니다. 소독제 가지고 오면 되는 거죠, 철사하고?"

상황을 모면하려는 듯, 이택진이 허둥거렸다.

"그래, 빨리 끝내고 나가자. 지금 대기하고 있는 환자가 한둘이 아니야."

"물론이죠."

이택진이 서둘러 소독제를 찾아왔다.

"10분만 가슴 닫지 마시고 기다리세요. 제가 교수님 모시고 오겠습니다."

"이 새끼가 지금 미쳤나?"

천기수가 쌍심지를 켰다.

"절대 가슴 닫지 마세요. 환자 건드렸다가는 두 사람 전부 살인자 되는 겁니다. 명심하세요. 평생 귀신 붙어서 괴롭힘 당할 테니까!"

"어? 어? 저 새끼 뭐 하는 거야? 어딜 간다고?"

"윤찬아, 어디 가?"

김윤찬이 수술방을 뛰쳐나가자 이택진이 난감한 표정을 지었다.

"저런 미친 새끼를 봤나? 지금 누굴 데리고 온다는 거야?"

"한상훈 교수님을 데리고 온다고 한 것 같은데요?"

"아 놔, 저 새끼 또라이인 건 이미 알고 있었지만, 오늘 보니 완전 개또라이네?"

"네네, 윤찬이가 예전부터 그런 소리를 좀."

"하여간, 가슴부터 닫고 보자. 오늘 아작을 내 줄 테니까. 야, 뭐 해, 빨리 철사 안 가지고 오고?"

천기수가 송곳니를 드러내며 이를 갈았다.

"네?"

이택진이 못 들은 척했다.

"뭐가 네야! 철사 안 가지고 오냐고! 가슴 닫아야 할 것 아냐?"

"아, 그게. 솔직히 선생님, 윤찬이 말이 아주 틀린 건 아닌 게 아니라서."

"뭐? 너도 같이 미친 거냐?"

"아니, 그게 아니라, 윤찬이 말대로 진짜 귀신이 붙으면 어떡해요?"

이택진이 호들갑을 떨며 허공을 가리켰다.

"뭐, 뭐야?"

"여기가, 이 방이 특히나 귀신 잘 붙기로 유명한 수술방이라서. 어, 선생님 뒤에……."

"왜 그래! 너 장난하면 죽인다!"

"장난이 아니라, 얼마 전에 심부전으로 돌아가신 할아버지 있잖아요. 604호!"

"604호? 그 욕쟁이 할아버지?"

"네네, 그 할아버지가 보이는 것 같아요! 저, 저기!"

'해병대라도 불러와야 하나?'

이택진이 무리수를 던져 가며 어떡하든 시간을 벌려 애를 썼다.

흉부외과 경의실.

"교수님, 여기 계셨습니까?"

수술방을 빠져나온 한상훈 교수가 옷을 갈아입고 있었다.

"뭐야, 노크도 없이?"

불쾌한 듯 한상훈 교수의 눈썹이 꿈틀거렸다.

"죄송합니다. 워낙 급한 일이라. 수술방에 들어가 보니, 환자가……."

"흠, 최선을 다했는데, 어려워, 그 환자."

한상훈 교수가 고개를 내저었다.

"그래도 교수님이 끝까지 포기하지 않으셨으면 좋겠습니다."

"아니, 가슴이라도 닫아 놓고 가족들에게 유언이라도 남기게 해야지. 수술방에서 테이블 데스 나게 할 순 없잖아."

"그래도 최선을 다하셔야 하는 것 아닙니까?"

"아니, 가망 없는 환자 하나 보겠다고 다른 응급 환자를 놓칠 수는 없잖아. 김 선생이랑 할 얘기 없으니까, 그만 돌아가도록 해."

"교수님, 저 환자의 가족들은 지금 이 순간에도 가장이 돌아오기만을 기다리고 있어요. 제발, 포기하지 말아 주십시오. 의사가 환자를 버리면, 환자는 어떡합니까?"

"……."

"교수님! 전에 제게 말씀하셨잖습니까? 못 고치는 병은 없다고. 다만 못 고치는 의사가 있을 뿐이라고. 그거 전부 거짓말이셨습니까?"

"지금 무슨 소리를 하는 거야?"

우심실 용적만 넓혀 주더라도 충분히 가능성이 있다. 게다가 우심실 천공이 크지 않으면, 대동맥이 완전히 파열된 것도 아니야. 결코, 환자를 포기할 단계가 아니었다.

나라면?

분명 살릴 수 있다.

하지만 지금의 나는 전문의 김윤찬이 아니라, 고작 레지던트 2년 차.

결국 어떻게든 한상훈을 설득할 필요가 있다.

그 역시 사람이니 의사로서의 책임감에 호소해 볼 수밖에.

"지금까지 교수님을 롤 모델로 삼고 수련의 생활을 했습니다. 저도 미천하나마 최선을 다해서 돕겠습니다. 교수님의 손으로 저 환자 살려 주십시오."

"그게, 쉽지 않다고. 게다가 괜히 잘못된다면, 병원에 문제가 생길 수도 있어."

"살리시면 됩니다! 왜 안 될 거라고 생각하십니까? 교수님 실력이시면 충분히 살리실 수 있어요. 저는 믿습니다!"

"하아, 이 인간, 거머리가 따로 없네."

"살리실 수 있습니다!"

"미치겠네. 저 환자, 김 선생이랑 무슨 관계라도 돼?"

"아뇨, 일면식도 없는 분이십니다."

"그런데 왜 이렇게까지 하는 거야?"

"환자니까요. 의사가 환자를 포기하면 안 되는 거니까요."

"안 되면? 그땐 어떻게 할 건데?"

"최선을 다해도 어쩔 수 없다면, 그건 할 수 없는 것 아닙니까?"

"이게 그렇게 간단한 게 아냐."

"네, 알고 있습니다. 책임이 따를 수도 있다는 걸. 하지만 전 교수님의 두 손끝을 믿고 싶습니다. 가족들 설득은 제가 하겠습니다."

"후우, 좋아. 당장 가서 수술 준비해. 나도 바로 나갈 테니까."

"네, 교수님. 정말 고맙습니다."

"착각하지 마. 김 선생이 고마워할 일은 아니잖아? 내가 선택한 거야, 김 선생이 나서서가 아니라."

"네, 교수님!"

♥

"교수님, 어떻게?"

한상훈 교수가 안으로 들어오자, 천기수의 눈동자가 부풀어 올랐다.

"뭐가 어떻게입니까? 수술 다시 시작할 거니까, 준비해 주세요."

"네? 수술을 다시 시작한다고요? 가슴 닫으라고 하시지 않았습니까?"

"무슨 말이 그렇게 많아? 재수술할 거니까, 심폐기사 다시 호출하고, 스크럽 너스(수술방 간호사)들 빨리 안으로 들어오라고 하세요."

"네? 아, 네. 알겠습니다."

천기수가 황급히 수술방을 나섰다.

"야, 김윤찬! 너 무슨 짓을 한 거야? 한 교수 왜 저래?"

이택진이 궁금한지 내게 다가와 귀엣말을 전했다.

"수술한다잖아. 아무튼, 시간 끄느라고 수고했다."

"머리 만지지 마라. 가뜩이나 머리털 빠져서 민감한데. 아무튼, 되지도 않는 개소리 늘어놓느라고 죽는 줄 알았어."

"그러니까 대견하다고."

"뻘소리 집어치워. 너, 나가서 무슨 짓을 한 거냐고? 가슴 닫고 도망간 의사가 왜 다시 와? 설마설마했는데, 진짜 데리고 왔냐?"

"글쎄다. 마음이 바뀌었나 보지. 우린 그런 거 신경 쓰지 말고, 수술 준비나 하자. 캐비닛에 피 몇 개 있어?"

"아, 조금 전에 확인했는데, 한 6팩 정도 있는 것 같던데?"

"그래? 10팩 정도 더 필요할 것 같다. 더 준비해야 할 것 같은데?"

"인마, 네가 오퍼레이터(집도의)냐? 그걸 어떻게 알아?"

이택진이 입을 삐죽 내밀었다.

"누가 내가 준비하라고 했다던? 한 교수님이 말씀하셨어, 오늘 피 많이 날 것 같다고."

"아하!"

천신만고 끝에 시작한 수술. 한 번 멈췄던 수술이었기에 더욱더 신중하게 더욱더 정교하고 빠르게 진행해야 했다.

"이제 시작합시다."

한상훈 교수의 표정이 진지했다.

"네, 시작하셔도 좋을 것 같습니다."

"교수님, 2시간 안에 끝내셔야 합니다. 환자 상태가 좋지 않아서 추가 마취는 위험해요. 자칫, 악성고열증이 올 수도 있어요."

마취과 윤선도 선생 역시 신중한 모습이었다.

"알겠습니다. 이택진 선생? 캐비닛에 혈액 추가해 놨습니까?"

"네, 10팩 추가해서 총 16팩 확보해 두었습니다."

이택진이 캐비닛을 열며 숫자를 세어 보았다.

"좋습니다. ABGA(동맥혈 가스분석검사) 결과는요?"

"네, 여기 있습니다, 검사 결과!"

스크럽 간호사 이영선이 결과지를 가져왔다.

"pH가 7.2? 레스피어레토리 엑시도시스(호흡성 산증)가 있네?"

"네. 어떡하죠?"

"썩션 해 보고 안 되면 인튜베이션 해 주세요."

"네, 알겠습니다."

"이제, 수술을 시작하도록 하겠습니다, 시간이 많이 지체되었으니 다들 긴장합시다. 시작합니다."

"네, 교수님."

"헤파린(혈액응고 방지제) 투여하세요."

"네, 헤파린 지금 투여합니다."

"바이패스(인공 심폐기) 돌려 봅시다!"

"하나, 둘, 셋! 바이패스 돌아갑니다."

위잉.

인공 심폐기가 힘차게 돌아가며 수술이 시작되었음을 알렸다.

곧이어, 투명했던 관 속에 붉은 피가 차올랐다. 이제 심장은 멈추고 이 기계가 환자의 심장을 대신할 것이다.

한 번 닫으려 했던 가슴이기에 그 어느 때보다 긴장감이 감돌았고, 주의를 요하는 수술이었다.

"환자 체온 내릴게요."

"네, 쿨링 다운."

"심장은요?"

"지금 막 멈췄습니다."

"네, 좋아요. 환자 체온은 어떻게 됩니까?"

"지금, 29도입니다. 체온이 잘 내려가지 않는데요?"

수술 간호사가 심각한 표정을 지었다.

"좀 더 내립시다. 28.5도까지."

"냉각기에 얼음을 좀 더 넣어 볼까요?"

"네, 그렇게 하세요. 서두릅시다."

"네, 알겠습니다, 교수님."

심장의 온도가 내려가지 않으면, 수술을 할 수 없는 상황.

간호사가 냉각기에 각 얼음을 때려 넣었다.

마침내, 환자의 체온이 28.5도를 가리키면서 모든 수술 준비는 끝이 났다.

이제부터, 본격적인 수술이다.

지금부터, 한상훈 교수에게 주어진 시간은 2시간.

2시간 안에 심장 혈관 파열로 생긴 혈성 심낭 삼출, 우심방에 생긴 천공 그리고 찢어지기 일보 직전인 대동맥 파열을 막아야 했다.

그의 말대로 결코 쉬운 수술이 아니었다.

열었던 가슴을 닫는다는 것. 아무리 냉혈한 한상훈 교수라도 쉬운 결정은 분명 아니었다.

그만큼 이 수술은 성공 확률이 높지 않았다.

"김윤찬 선생, 블레이드(칼날) 갈아 주세요. 11번으로."

"네, 교수님. 여기 있습니다."

11번 블레이드.

스트레이트 날에 끝이 상당히 날카로운 칼날이었다.

주로 아주 좁은 혈관을 절개할 때 사용하는 메스였다.

한상훈 교수가 마치 연필을 쥐듯 메스를 움켜쥐었다.

"보비(전기소작기)!"

"간호사, 시저 골드로 바꿔 줘요. 포인트 잡기가 어렵네?"

"네, 교수님."

스크럽 간호사가 한상훈의 손에 끝부분이 금으로 도금된 시저를 올려놓았다.

남들보다 유난히 긴 손가락.

그의 손놀림은 마술사의 그것처럼 현란했고, 손가락에 매달린 봉합사는 그의 손가락 마디마디의 흔들림에 따라 질서정연하게 움직이기 시작했다.

확실히 실력은 좋았다.

꼼꼼했다.

야구로 치자면 고함 교수가 강속구로 상대를 억박지르는 정통파 투수라면, 한상훈 교수는 현란한 변화구와 제구력으로 코너 구석구석을 찌르는 기교파 투수였다.

"택진아, 니들 홀더 너무 느슨하게 잡았어. 좀 더 팽팽하게 당겨 줘."

"어? 그래, 아, 알았어."

한상훈 교수가 내 말에 귀를 쫑긋 세웠다.

"이택진, 너 정신 바짝 차려, 이 방에서 쫓겨나고 싶지 않으면!"

"네, 교수님, 죄송합니다."

그렇게 시간이 흘러, 1차 수술은 성공적이었다.

순식간에 우심방에 생긴 2.7센티 천공을 메워 내는 한상훈 교수였다.

"교수님, 수고하셨습니다."

톡톡.

간호사가 거즈를 들고 한상훈의 이마에 맺힌 땀을 닦아 주었다.

"아직 시작도 안 했어요. 긴장합시다."

"네."

하지만 수술은 지금부터 시작. 파열된 대동맥을 찾아 인조 혈관으로 교체해 주는 진짜 수술이 남아 있었다.

"김윤찬 선생, 환자 뇌 산소 포화도가 얼마나 됩니까?"

"네, 45 정도 됩니다."

뇌 산소 포화도가 45 정도라면 뇌로 가는 혈류 속도가 상당히 떨어져 있는 상황이었다.

"아트로핀(부교감신경 차단제) 투여하고, 산소 분압 최대로 올려 주세요."

"네, 교수님."

"지금은요?"

잠시 후, 한상훈 교수가 되물었다.

"네, 정상으로 돌아왔습니다. 이제 시작하셔도 될 것 같아요."

부교감신경 차단, 산소 분압을 올려 주니 뇌 산소 포화도가 정상으로 돌아왔다.

순식간에 흘러가는 시간.

적막한 수술실이라 유독 초침 소리가 고막을 흔들었다.

이제 남은 시간은 대략 30분.

한상훈 교수가 자꾸 고개를 들어 시간을 확인했다. 눈동자가 흔들리는 게 불안해 보였다.

"가슴 좀 더 크게 벌려 봅시다!"

"네, 교수님."

나와 이택진은 사격 형태로 벌어진 가슴에 견인기를 걸고 있는 힘을 다해 잡아당겼다.

"보비!"

"네."

치직.

보비를 가져다 대니 하얀 연기를 내며 심장 조직이 갈라지기 시작했다.

그 순간, 풍선처럼 부풀어 올라 터지기 일보 직전의 대동맥이 시야에 들어왔다.

이거였군, 한상훈이 환자 가슴을 닫으려 했던 이유가.

가성 대동맥류!

한상훈은 저 가성 대동맥류를 대동맥 파열로 오진한 거였다.

교통사고와 같이 외부의 충격에 의해 동맥벽이 손상된 것이 가성 대동맥류였다. 그로 인해 대동맥이 탄력성을 잃고 찢어짐으로써 그 부위에 종창이 만들어진 것.

대동맥 파열의 경우, 거의 수술이 불가능할 수밖에 없지만, 가성 대동맥류라면 수술로 충분히 환자를 살릴 수 있었다.

고로 이 환자는 충분히 살릴 수 있었다.

"교수님, 이거 가성 대동맥류인 것 같은데요?"

"그걸 알아?"

한상훈 교수가 눈을 치켜떴다.

"파열된 대동맥 벽에 종창이 있지 않습니까?"

"그래, 나도 지금 확인했어."

"그렇다면 충분히 가능한 수술 아닙니까?"

"뭐, 불가능한 건 아니지."

"다행이군요."

"아직 안심할 단계는 아냐. 아무튼 이제는 조금 길이 보이는 것 같군."

이제는 조금씩 희망이 보이는 상황. 심각했던 한상훈 교수의 표정이 조금은 밝아졌다.

바로 그때.

팟, 파파팟, 파파파팟!

솟구치는 검붉은 혈액. 방심했던 한상훈 교수의 메스가 대동맥을 건드리고 말았다.

명백한 실수였다!

평소 같으면 하지 않을 실수였지만, 시간에 쫓기다 보니 서둘렀고, 결국 치명적인 실수를 하고 만 것이다.

뚜뚜뚜뚜, 띠띠띠띠.

급격하게 요동치는 심전도 그래프와 각종 게이지들.

마치 롤러코스터가 위에서 아래로 떨어지듯 혈압이 요동치며 마구 떨어지기 시작했다.

"교수님, 지금 혈압이 급격하게 떨어집니다!"

마취과 선생의 갈라진 목소리가 새어 나왔다.

지금은 최대한 빨리 봉합하고 인조혈관으로 치환하는 수밖에는 없었다.

"뭐, 뭐야? 이게 어떻게 된 거야? 피, 피 때려 부어. 빨리!"

물총에서 물이 뿜어져 나오듯, 피가 포물선을 그리며 솟구쳤다.

악!

핏줄기가 얼굴에 쏟아지자, 한상훈 교수가 외마디 비명을 질렀다.

"교수님, 괜찮으십니까?"

"괜찮으니까 거즈, 거즈 가지고 와. 빨리!"

"네, 여기 있습니다."

한상훈 교수가 벌어진 가슴 사이로 순백의 거즈를 밀어 넣었다.

하지만 역부족.

거즈가 닿자마자 시뻘겋게 물들어 버렸다.

하나, 둘, 셋……

벌써, 20여 개.

바구니에 잔뜩 피를 머금은 거즈가 쌓여 가고 있었다.

"혈압은요?"

"전혀 안 잡혀요. 빨리 조치를 취하셔야 해요. 안 그러면 테이블 데스 납니다. 빨리요, 교수님!"

벌겋게 상기된 표정의 마취과 선생의 칼날 같은 목소리가 갈라져 나왔다.

"어, 어떡하지? 피는? 남은 피 다 가져와, 빨리!"

"교수님, 지금 피가 세 개뿐인데요?"

이제 남은 피는 겨우 세 팩. 더 많은 피가 필요했다.

"빨리, 빨리 피 더 가지고 와, 빨리!"

"네, 알겠습니다."

이택진이 황급히 수술실을 빠져나갔다.

"교수님, 괜찮으십니까? 빨리, 오더를 주셔야죠."

"어떻게? 지금 이 상황에서 어떻게 하라는 거야?"

한상훈이 빨갛게 물든 양손을 내보이며 덜덜 떨고 있었다.

뚜뚜뚜뚜, 띠띠띠띠.

80, 70, 60, 50mmHg!

무서운 속도로 떨어지는 혈압. 조금만 더 지체한다면 환자는 목숨을 잃을 수도 있는 절체절명의 순간이었다.

"빨리요! 환자 어레스트 왔습니다!"

"모르겠어. 지, 지금 내가 뭘 해야 하는지 모르겠단 말이야."

고개를 흔드는 한상훈의 눈동자에 두려움이 가득 묻어 있었다.

"교수님, 교수님은 집도의이십니다. 침착하십시오."

"지금 바, 방법이 없어. 아올타(대동맥)가 나가 버렸는데……. 지금은, 지금은 아무런 대책이 없어!"

"하실 수 있습니다. 지금이라도 빨리 봉합하고 인조혈관으로 치환한다면 가능성이 있어요. 빨리 결정해 주세요."

"못 하겠어. 아니, 할 수가 없어."

전의를 상실한 지휘관처럼 무서운 것 없다. 이미 패닉으로 통제 능력을 상실한 한상훈이 고개를 내저었다.

"이영선 간호사님! 고함 교수님께 전화 좀 넣어 주세요!"

"네."

"교수님은요?"

"고함 교수님, 지금 다른 수술방에 계신답니다!"

설상가상, 고함 교수도 들어올 수 없는 상황이었다.

"박 교수님은요?"

"교, 교수님도 안 계십니다."

절망적인 상황, 워낙 응급 환자가 많았기에 흉부외과 교수들이 전부 수술에 투입된 상황이었다.

마냥 기다릴 수만은 없는 상황. 난 결정을 해야 했다.

"교수님, 그러면 제가 할 수 있도록 허락해 주십시오!"

지금으로선 내가 나서는 수밖에는 없었다.

"뭐야, 김윤찬! 너, 지금 미쳤어? 네가 뭘 하겠다는 거야?"

그 말에 천기수가 발끈하며 나섰다.

"교수님은 못 하시겠다고 하시고 환자는 죽어 가는데, 그럼 어떻게 합니까? 천 선생님이 하시겠습니까?"

"그래도 2년 차가 칼을 잡는다는 게 말이 돼?"

"그러면 선생님이 하십시오, 환자 살리실 수 있으면! 이대로 두면, 안 하느니만 못한 수술이 되어 버립니다."

"아, 아니, 그런 뜻이 아니라."

천기수가 한발 뒤로 물러섰다.

"교수님, 허락해 주십시오. 제가 모든 걸 책임지겠습니다. 빨리요! 서두르지 않으면 마지막 가능성마저 사라지게 됩니다."

"……"

여전히 묵묵부답인 한상훈이었다.

"교수님, 이제 더 이상 지체할 수 없습니다! 그러다가 환자 바이탈 바닥을 칠 겁니다! 빨리요!"

칼같이 날카로운 마취과 선생의 음성이 내 목소리와 섞여 나왔다.

"교수님, 이제 피도 없어요. 응급 환자들 때문에 남는 피가 없답니다. 어쩌죠?"

이택진이 빈손으로 수술방에 들어왔다.

"산증 심해집니다."

"뇌압 올라가요. 환자 죽습니다!"

여기저기서 터져 나오는 탄식. 찢어지는 듯 날카로운 목소리가 중첩돼 고막을 흔들어 댔고 스펀지처럼 검붉은 피를 빨아들이는 거즈 뭉치는 바구니를 가득 메우며 한상훈의 선택을 압박했다.

더 이상은 머뭇거릴 수 없는 상황. 침묵하던 한상훈의 양 입술이 꿈틀거렸다.

"뭐라고?"

하악하악.

한상훈 교수가 거친 숨을 몰아쉬었다.

"교수님, 여긴 제가 어떡하든 마무리할 테니까, 나가서 좀 쉬십시오."

"지, 지금 나보러 당신한테 맡기고 나가라는 건가?"

하악하악, 한상훈 교수의 얼굴에서 핏기가 사라졌다.

"그 손으로 어떻게 메스를 잡습니까? 제가 한번 해 보겠습니다."

한상훈 교수의 손이 파르르 떨렸다.

"천 선생님, 교수님 모시고 나가세요! 과호흡이 심하게 오신 것 같습니다."

"아, 알았어. 너 정말 할 수 있겠냐? 젠장, 지금 내가 누구한테 뭘 물어보는 거야."

천기수가 답답한지 입술을 잘근거렸다.

"할 수 있습니다. 걱정 마시고 교수님 과호흡이나 해결해 주세요. 자칫 쇼크가 올 수도 있습니다."

"아, 알았어."

천기수가 한상훈 교수를 데리고 밖으로 나갔다.

전장의 장수가 사라진 상황.

어찌 됐건 지금 상황에선 내가 해결해야만 했다.

"택진아, 피는?"

"지금 피 한 개도 없어!"

이택진이 난감한 표정을 지었다.

"안 돼! 어떡하든 5팩만 더 가지고 와! 네 피를 뽑아서라도."

"미치겠네. 너, 내 피가 O형인 걸 어떻게 알았냐?"

"너 O형이야?"

"……에이, 시팔. 몰랐냐?"

"농담할 시간 없어. 혈액은행을 털든 적십자 버스를 털든 RH+ O형 가지고 와. 어떻게 해서든!"

"미친놈! 아, 알았어. 20분만 버텨 봐. 어떡하든 가지고 올 테니까."

"그래, 서둘러!"

"너, 진짜 자신 있냐?"

"몰라. 배운 대로 해 보려고."

"뭐라고? 이 또라이 새끼."

"시간 없어! 당장 피 안 가져오면 너도 공범 되는 거야."

"야, 이 미친놈아!"

"빨리 움직여. 군소리 말고."

"에라, 모르겠다. 알았다, 새꺄!"

이택진이 투덜거리며 수술방을 빠져나갔다.

"간호사님, 노말셀라인(생리적 식염수) 전부 때려 넣어 주세요. 최소한 20분간 버텨야 합니다. 택진이가 피 가지고 올 때까지요."

지혈도 되지 않고 혈액 유출이 심해지는 상황, 현재 피가 턱없이 부족하기에 임시적으로 생리적 식염수를 이용해 떨어진 혈압을 잡아야만 했다.

"네."

간호사가 서둘러 식염수를 투여했다.

"한 선생님, 바스큘라 클램프(혈관 집게) 빨리요!"

급전직하하는 혈압, 이를 보상하려는 듯 맥박은 분당 200을 넘어가고 있었다. 이제는 1분 1초도 지체할 수 없는 상황이었다.

"어, 알았어."

"아니, 커브드로 줘요. 안쪽 깊은 곳에서 터졌어요. 손이 닿지 않습니다."

"커브드? 아, 알았어."

"김현석 선생, 석션해 주세요. 시야가 가려서 아무것도 보이지 않아요."

"네, 알았습니다."

쏴아아.

1년 차 김현석이 석션기를 들고 시뻘건 피를 빨아들였다.

"잡았어! 터진 부위가 여기야!"

드디어 터져 버린 혈관 부위가 시야에 들어왔다.

"이제 남은 시간은 10분, 지금부터 10분 내로 혈관 봉합하고 동맥 살려 냅니다."

"10분? 지, 지금 농담하는 거야? 압빼(맹장수술)도 안 해 본 네가 터진 혈관을 10분 내로 봉합한다고?"

한 선생이 고개를 절레절레 흔들었다.

"세상에 기적이라는 것도 있으니까요. 해 보는 데까지 해 봐야죠. 지금은 선택의 여지가 없어요. 빨리요."

"미치겠네. 지금 내가 판타지 소설을 읽는 거냐? 어떻게 현실에서 이런 일이 있을 수 있는 거야?"

어처구니없다는 듯, 한 선생이 혀를 내둘렀지만, 그 역시 선택의 여지가 없었다.

그렇다고 자기가 할 수 있는 일이 아니니까.

"보비!"

한 땀 한 땀, 터진 부위가 메워지며 너덜너덜해진 혈관이 봉합되고 있었다.

"간호사 선생님, 실 바꿔 줘요. 좀 더 두꺼운 크로믹 캣것 원, 제로(봉합사 1-0, 가장 두꺼운 봉합사)로 주세요."

"네! 교수, 아니 김 선생님."

"주세요."

"여기요, 김 선생."

간호사가 바늘에 실을 꿰, 내 손에 얹어 주었다.

다시 시작된 봉합!

더 이상, 말로 설명할 수 없었다.

직접 터진 혈관을 메우고 있는 내 손끝을 지켜보던 수술방 사람들의 눈동자가 부풀어 올랐다.

10년 이상 수술밥을 먹은 노련한 간호사들 역시, 침을 꿀꺽 삼키며 말없이 내 손끝을 지켜볼 뿐이었다.

그렇게 흘러간 시간 10여 분!

마침내, 찢어진 혈관이 모두 메워지는 순간이었다.

"끝났습니다! 혈관 잡았어요!"

마침내 불가능해 보였던 수술이 성공적으로 끝났다.

"미, 미쳤어!"

이곳저곳에서 탄성이 터져 나왔다.

"피는? 피는 어떻게 됐습니까?"

수술 성공의 9부 능선은 넘었지만, 아직 10프로 부족한 상황. 수많은 혈액 유출이 있었기에 수혈을 하지 못한다면 모든 것이 수포로 돌아갈 수 있었다.

"아직요. 아직 연락이 없습니다! 어떡하죠?"

째깍째깍.

무심하게 흘러가는 시간, 이제 더 이상은 지체할 시간이 없었다.

지이이잉.

그 순간, 이택진이 온몸이 흠뻑 젖은 채 수술방으로 들어왔다.

"어떻게 된 거야? 피는?"

"가져왔어. 5팩! 거기다 +1 하나 더!"

이택진이 혈액 박스를 들어 올렸다.

"하나 더는 뭐야?"

"혹시 몰라서 내 거도 좀 뺐어. 나도 Rh+ O형이잖아. 피가 모자라서 인턴 애들 몇 명도 동참했다. 의국에 가 보니 다행히 같은 피가 몇 명 있더라."

"수고했다, 정말!"

"수고는 무슨. 결국, 네가 해낸 거냐, 이 말도 안 되는 수술을?"

"지금 그게 중요한 게 아니잖아. 빨리 수혈해."

"어?"

이택진은 눈으로 보고도 믿을 수 없다는 표정이었다.

"빨리, 인마!"

"아, 알았어."

"선생님, 혈압은요?"

"김 선생, 혈압 잡았어. 이제 위험한 고비는 넘겼다고. 내가 지금 뭘 본 건지는 모르겠지만, 아무튼 환자는 살았다."

마취과 선생이 상기된 표정으로 목소리 톤을 높였다.

"선생님, 산소 포화도도 정상으로 돌아옵니다."

"산증 개선됐어요."

"김윤찬 선생, 뇌압도 안정적이야."

모든 수치가 정상으로 돌아오고 있었다.

이 모든 것이 단 20분 만에 이뤄진 기적이었다.

"한 선생님, 마무리 좀 부탁드립니다. 저는 한 교수님을 좀 봐야 할 것 같아요. 상태가 안 좋아 보이시던데."

"그, 그래, 누가 보면 실컷 포식한 좀비인 줄 알겠다. 일단 나가서 좀 씻어라."

한 선생이 멍한 표정으로 손을 내저었다.

"수고하셨습니다."

"수고하셨어요, 김윤찬 선생님."

"수고했어, 김 선생."

수술방 간호사들과 마취과 선생이 달려와 엄지를 들어 올렸다.

♥

이튿날 흉부외과 너스스테이션.

"존경하는 간호사 선생님들, 다들 모여 보세요. 제가 특급

뉴스를 전송토록 하겠습니다."

이택진이 출근하자마자 간호사들을 집합시키고는 어제의 무용담을 풀어놓기 시작했다.

"네? 무슨 일 있어요?"

"그저께 ER(응급실)에 난리 난 거는 다들 알죠?"

"당연히 알죠. 버스 전복 사고로 몰려든 환자들 때문에 난리 났었잖아요."

"진짜, 말도 마세요. 진짜 전쟁터도 그런 전쟁터가 없었죠. 팔다리 잘려 나가서 덜렁거리는 환자, 머리가 으깨진 아저씨, 어떤 환자는 가슴에 철근 파편이 박혀서……."

"어머, 이 일을 어째? 이 선생님이 고생이 많으셨겠네요?"

"당연하죠. 진짜, 저니까 그 피 칠갑을 하며 버텼죠, 다른 사람들 같았으면 전부 도망갔을 겁니다. 진짜, 와! 어떤 환자는……."

"아, 네. 그건 그렇고 선생님, 궁금한 게 있는데 물어봐도 돼요?"

김지은 간호사가 이택진의 말허리를 잘라 먹었다.

"물론이죠. 나이, 뭐 여자 친구는 있는지, 없는지 기타 등등 궁금한 거 뭐든지요. 최대한 성심성의껏 답변해 드리죠."

"됐고요. 들리는 소문에 의하면 수술방에서 김윤찬 선생이 한상훈 교수 역관광시켰다던데, 맞아요? 아니죠, 헛소문이죠?"

"그게 궁금했구나. 이리 가까이 와 보세요."

이택진이 주위를 둘러보며 간호사들에게 손짓했다.

"네, 도대체 무슨 일이 있었던 건가요?"

호기심 어린 눈빛의 간호사들이 이택진의 주변에 몰려들었다.

"소문이에요, 말 그대로!"

하여간, 가볍디가벼운 택진이의 입을 믿은 내가 잘못이었다.

"어, 김윤찬 선생님!"

"윤찬아?"

"그날, 한상훈 교수님은 정상적으로 집도하셨고, 전 그저 마무리만 했을 뿐입니다. 괜한 헛소문 퍼뜨리지 마세요."

"아, 네, 그게 헛소문이었구나. 어쩐지 말도 안 되더라."

간호사들이 고개를 끄덕였다.

"이택진 선생님! 607호 환자 드레싱해 줘야 하는 거 아니에요? 여기서 뭐 해요?"

그러곤 난 이택진과 어깨를 맞대고는 소곤거렸다.

"너, 입 함부로 놀리지 말라고 했지? 그렇게 떠들고 다니는 게 나한테 오히려 독이 된다는 거 몰라?"

"어? 어, 맞다! 내가 그걸 깜박했네. 드레싱, 맞아! 드레싱해 줘야지. 왜 내가, 왜 여기에 있는 거냐?"

"그래, 빨리 가라. 그 환자분 성질 급한 거 잘 알잖아. 지난번처럼 실수하지 말고 잘해."

"알았어, 인마. 잘할게."

"그래, 수고해라."

"그건 그렇고 넌 여기 웬일이야? 너 오늘부터 중환자실 당직 아냐?"

"한상훈 교수가 보자고 해서."

"왜? 쪽팔리니까 입막음이라도 하려는 거냐?"

"글쎄다. 가 보면 알겠지."

한상훈 교수실.

"내가 김 선생한테 고마워해야 하는 건가?"

한상훈 교수의 표정이 침통해 보였다.

"아뇨, 그러실 필요 없습니다."

"아니지. 의료사고를 막아 줬으니, 김 선생이야말로 내 생명의 은인이나 다름없어. 이 은혜를 어떻게 갚지?"

"아닙니다. 그 상황에선 어쩔 수 없는 일이었습니다. 어차피 제가 책임을 진다고 장담했으니, 저도 모험을 걸 수밖에 없습니다."

"모험이라……."

"네, 영상으로만 봐 왔던 수술이라, 저도 확신은 없었습니다."

"영상으로만 봤다고?"

"네, 그렇습니다."

"영상이란 말이지? 수술을 참관했던 것도 아니고?"

허허, 한상훈 교수가 허탈한 듯 헛웃음을 지었다.

"네, 그렇습니다."

"알았어, 이만 나가 봐."

한상훈이 힘없이 손을 내저었다.

"교수님, 괜찮으십니까?"

"괜찮아, 나가 봐. 영상 몇 번 본 레지던트가 해낼 수 있는 수술을, 난 손도 못 대고 수술방을 뛰쳐나왔어. 이런 내가 김 선생이랑 무슨 할 말이 있겠나?"

"그건 어쩔 수 없는 실수셨습니다. 급박한 상황이라 시간 도 부족해……."

"그만! 더 이상 날 비참하게 만들지 말고 나가 줘, 부탁이 야."

"네, 알겠습니다."

사랑해, 아가야!

병원 인근 카페.

"솔직히 한상훈 선생님 교수 된 건 에바 아니냐?"

이택진이 고개를 갸웃거렸다.

"뭐가? 될 만하시니까 된 거겠지."

"아니지, 이건 완전 정치질의 승리지. 최근에 한상훈 교수가 한 게 뭐가 있냐? 지난번에 가성 대동맥류 환자도 죽일 뻔했잖아."

"그건 실수였어."

"칼잡이가 실수하면 그게 바로 살인이 되는 거야. 너 아니었으면 환자 완전 골로 갈 뻔했잖아?"

"누가 골로 가는데?"

그 순간, 김귀남이 다가와 양팔로 이택진의 목덜미를 감싸 안았다.

"아, 아무것도 아니야."

"아니지. 지금 누가 골로 간다고 했잖아?"

"야, 병원에서 골로 갈 사람이 어디 한둘이냐?"

"아닌데, 뭔가 냄새가 나는데? 김윤찬, 너 나한테 뭐 숨기 는 거 있지?"

"숨기긴 무슨? 택진이 말대로 환자 얘기하고 있었어. 흉부 외과에 위급한 환자가 어디 한둘이니?"

"하긴. 진짜 흉부외과 애들은 대단해! 난 때려죽여도 그거 못 할 거야. 아니, 안 해, 절대!"

"헐, 누가 너보고 흉부외과 오라고 하던? 우리도 너 같은 금수저는 안 받거든! 왕자님을 데려다가 모시고 살 일 있냐?"

이택진이 입을 댓 발이나 내밀었다.

"그래, 귀남이는 소아과가 잘 어울려. 애들도 좋아하니까."

"그렇긴 하지. 그건 그렇고, 윤찬아!"

"어? 왜?"

"다음 달에 우리 별장에서 가든파티 하는데, 오지 않을래?"

"가든파티?"

"어, 다음 달 2일이 1년에 한 번 우리 집안사람들 다 모이 는 날이거든."

"집안 파티에 내가 참석해도 괜찮아?"

"당연하지. 내가 아빠한테 허락받았거든. 같이 가자. 응?"

김귀남이 내 팔을 잡고 흔들었다.

"어라? 이건 또 무슨 인종차별이지? 그럼 난? 난 초대 안해?"

"넌, 다음에."

"다음에? 다음에 언제?"

"몰라, 하여튼 다음에."

"와! 이거 차별 대우 오지네. 난 친구도 아니라는 거냐?"

이택진이 서운한 기색을 그대로 드러냈다.

"아니, 그게 아니라, 내가 윤찬이 얘기를 했더니 식구들이 보고 싶어 해서 그래. 택진이 너도, 윤찬이 활약상을 잘 알잖아?"

"부담스러운데."

"그럴 거 없어. 다들 좋으신 분들이야. 맞다! 우리 고모부가 윤영병원 원장인 건 알지?"

윤영병원.

국내 병원 중 다섯 손가락 안에 드는 상급종합병원으로, 특히 흉부외과 쪽에 특화된 병원이었다.

"윤영병원? 거기 흉부외과 써전들의 로망 아니니? 국내 최고의 시설을 자랑하는!"

하마터면 이택진이 마시던 커피를 뿜을 뻔했다.

"그래, 맞아. 우리 고모부가 윤찬이한테 무척 관심이 있나

보더라. 나한테 직접 너 한번 데리고 오라고 하셨어.”

“아, 그래?”

“올 수 있지?”

“뭐, 특별한 일 없으면 갈게.”

“그래그래, 잘난 놈만 대우받는 더러운 세상! 나 같은 놈
은 이만 뺑이 치러 가야긋다.”

“택진아, 너는 다음에 가자, 응?”

“됐네요. 잘난 김 선생이나 모시고 가세요. 가든파티는 고
사하고 난 옥상에서 삼겹살이나 구워 처먹을 테니. 별 볼 일
없는 난 이만 빠이!”

쭈욱.

이택진이 단숨에 커피를 마셔 버리고는 자리에서 벌떡 일
어났다.

“야! 같이 가!”

김귀남이 무안한 듯 녀석의 뒤를 따랐다.

윤영병원 원장이 나를?

아무튼, 윤영병원 원장이라면 알아 둬서 나쁠 건 눈곱만큼
도 없었다.

제2수술실.

고함 교수가 수술복으로 갈아입고 수술방에 입장하자 간호사들이 그의 손에 라텍스 장갑을 끼워 주었다.

"오늘은 이택진 선생이 어시스트하는 건가?"

"네, 교수님."

"힘 좀 쓰나?"

고함 교수가 이택진의 몸을 훑어 내렸다.

"네?"

"뭐가 네야. 2년 차가 머리 쓸 일이 있나, 손을 쓰나? 리트렉터(수술 부위를 벌리는 기구) 잡아당기려면 당연히 힘이라도 좋아야지."

"아하! 네네, 맞습니다. 제가 팔심 하나는 타고났습니다, 교수님! 어릴 때부터, 제가 다리가 팔에 달린 놈이란 소리 들었죠. 하도 두꺼워서."

이택진이 팔을 구부렸다 펴며 호기를 부렸다.

"그래? 어디 두고 보자고. 리트렉터 잡고 멀쩡하게 버틴 전공의는 못 봤으니까. 오늘 윤 선생이 신기원을 열어 봐. 기대할 테니."

"네, 살신성인하겠습니다!"

이택진이 두 주먹을 불끈 쥐어 보였다.

"좋아. 자, 지금부터 수술 시작하자고."

"네, 교수님."

"정 선생, 노래 좀 틀어 봐."

"네, 알겠습니다. 그 노래 틀까요?"

"물론이지. 노래 하면 뽕짝이지."

이 세상에 하나밖에 둘도 없는 내 여인아…….

곧이어 흘러나오는 노래.

"역시, 노래하면 나훈아지. 자, 이 노래 딱 20번만 듣고 환자 가슴 닫자. 알았지?"

"네, 교수님."

환자의 몸에 소독약을 바르고 수술포를 덮는 전공의들. 마침내 수술이 시작되고 환자 앞에 서 있는 고함 교수의 표정이 180도 바뀌었다.

"지금부터 내 말 잘 들어!"

"네, 교수님."

"환자의 정확한 병명은 복부 대동맥 폐색이다. 산소와 혈액을 제때에 공급받지 못해 하반신마비가 왔고, 까닥 잘못했다가는 다리를 절단할 수밖에 없는 상황이야."

"……."

그의 말 한마디에 수술방이 긴장감으로 꽉 찼다.

"벌써 다리가 거뭇거뭇하네. 서둘러야겠다."

환자의 다리를 건드려 보는 고함 교수의 표정이 급어두워졌다.

"이 다리, 잘 봐 둬."

"네, 교수님."

"이 환자 자칫 잘못하면 평생 의족으로 살 수도 있어."

"네, 교수님."

"이 양반 아내가 곧 있으면 출산을 한단다. 예쁜 아이에게 건강한 아빠를 선물해 줘야 하지 않겠니?"

35세의 남자 환자, 기중기. 그의 아내 윤영이 곧 출산을 앞두고 있었다.

"네, 교수님!"

"자, 그러면 간략하게 설명할게. 전부 화면 봐."

"네."

고함 교수가 턱짓으로 모니터를 가리켰다.

"저기 폐색된 거 보이지?"

"네, 교수님."

조금이라도 더 자세히 보려고 전공의들이 목을 늘어뜨렸다.

"아이고야, 화장실 하수구 막히듯이 꽉 막혔다. 얄짤없겠는데? 저 정도면 피 한 방울 나가지도 못하겠어."

"……."

"자, 저기부터 여기까지 잘라 내고 인조혈관으로 치환할 거야."

고함 교수가 손가락으로 병변 부위를 가리켰다.

"네, 교수님."

"좋아, 시작하자. 마취과 선생님, 환자 상태 어때요?"

"네, 양호합니다."

"그러면 시작합시다. 메스!"

"네, 교수님."

마취과 선생의 오케이 사인이 떨어지자, 본격적인 수술이 시작되었다.

이 분야 최고의 베테랑 고함 교수가 집도하는 수술.

흐르는 음악과도 같이 음정, 박자, 가사의 토씨 하나 흐트러짐이 없었다.

"야, 비켜, 시야 가리잖아?"

"네, 죄송합니다, 교수님."

"당신 눈 삐꾸야? 그거 말고 니들 홀더 달라고."

"죄송합니다."

"너, 지금 뭐 하냐? 지금 1시간도 안 지났는데?"

리트렉터를 들고 바들바들 떨고 있는 이택진. 비 오듯 땀을 쏟아 내며 힘겹게 버티고 있었다.

"야, 너, 다리가 팔에 달린 놈이라면서?"

"아, 그게, 다리가 쥐가 나서."

"미치겠네. 쥐 났으면 고양이 데리고 와야 하는 거냐?"

"아, 아마도."

힘이 드는지 이택진이 몸을 베베 꼬며 죽는소리를 냈다.

"야, 내가 진짜 보다 보다 첨 본다. 그거 얼마나 들고 있었다고 벌써 힘이 빠져? 초등학생도 너보단 낫겠다. 아주 저질 체력이네."

"죄송합니다, 교수님."

"야, 비켜. 김윤찬 선생, 네가 대신 잡아."

"제가 할 수 있습니다."

이택진이 손을 들어 올렸다.

"됐고, 얼른 가서 쥐나 마저 잡아라. 하여간, 요즘 것들은 약해 빠져 가지고. 우리 땐, 48시간 동안 그거 붙들고도 힘이 남아돌아서 실내 야구장 가서 빠따 쳤어. 군소리 말고 저리 빠져."

"네, 죄송합니다."

이택진이 멋쩍은지 슬금슬금 뒷걸음을 쳤다.

"야, 인조혈관 가져와."

폐색돼 검붉게 썩어 버린 대동맥을 잘라 낸 고 교수.

이제 세탁기 호스같이 생긴 흰색의 인조혈관으로 잘라 낸 부분을 치환하면 끝.

모든 수술은 순리대로 순조롭게 진행되었다.

잠시 후.

수술은 대성공이었다.

"자, 다 됐으니까, 가슴 닫자."

"네, 교수님. 수고하셨습니다. 마무리는 저희가 하겠습니다."

"그래그래, 김 선생이 수고 좀 해 줘. 그나저나 너희들은 무슨 영화를 보겠다고 CS에 왔나?"

수술을 마친 고함 교수가 신입 레지던트들을 훑어봤다.

"폼 나잖아요!"

"폼 나? 하루에 수술방 세 번이나 들어가도 어디 그 소리 나오나 보자. 아이고, 팔, 다리, 허리, 삭신이야."

오늘도 수술에 성공한 고함 교수가 온몸을 두드리며 밖으로 나갔다.

♥

일주일 후, 병실 복도.

수술을 마친 기중기는 조금씩 기력을 회복하며 좋아지고 있었다.

"선생님, 우리 남편은 괜찮은 거예요?"

내 모습이 보이자 윤영이 무거운 몸을 이끌고 일어났다.

"그럼요. 수술도 잘 끝나서 이제 재활만 잘하시면 문제없을 것 같아요."

"정말요? 이젠 숨도 잘 쉬는 건가요?"

"네."

"걸어도 이젠 숨 안 차요?"

"그럼요. 이제 뛰어다니셔도 숨 안 찰걸요."

"진짜요?"

"네, 그나저나 남편분은 어디 가셨나요?"

"검사받으러 갔어요."

"그렇구나. 사탕 드셨나 봐요?"

환하게 웃는 그녀의 입술이 보랏빛이었다.

"아니에요. 저 원래 조금만 추워도 입술 색깔이 이렇게 변하더라고요."

윤영이 고개를 가로저었다.

"사탕 먹은 게 아니라고요?"

"네, 저 원래 그런데."

"그래요?"

"네."

세상에 원래 그런 건 없다. 입술이 보랏빛이면 뭔가 문제가 있는 게 틀림없어.

"보호자분, 실례가 안 된다면 제가 손을 좀 봐도 될까요?"

"손은 왜요?"

"그게……."

"아하! 선생님이 손금을 보시는구나?"

"아, 네, 맞아요. 제가 좀 볼 줄 알거든요."

"좋아요! 저 그런 거 무지 좋아하거든요."

윤영이 해맑게 웃으며 손을 펼쳐 보였다.

사이아노시스(청색증) 증세가 보여?

윤영의 손톱 밑이 푸르스름했다.

"손금 어때요?"

윤영이 호기심 어린 눈빛으로 물었다.

"아, 네, 재물선이 쭉쭉 뻗어 있어서 부자 되시겠는데요?"

"정말요?"

"네네, 당연하죠. 게다가 자식 복도 많으신데요? 나중에 아이가 태어나면 장군감인 것 같아요."

"정말요?"

"네."

"근데 선생님, 사실은 우리 희망이는 여자아이예요. 산부인과 선생님이 핑크 옷 준비하라고 했거든요."

윤영이 목소리를 낮춰 말했다.

"아, 공주님이구나."

"네네, 첫딸은 살림 밑천이라잖아요! 남편도 엄청 좋아해요."

"맞습니다. 그나저나 제가 뭐 하나만 여쭤봐도 될까요?"

"네, 물론이에요."

"혹시 빈혈이 심하십니까?"

"네네, 임신을 해서 그런지 유독 어지럼증이 심하네요. 철

분제를 꾸준히 먹는데도 구토에 귀도 울리는 것 같고…….”

“이명이 있으십니까?”

“네, 귀가 울리는 것 같아서 이비인후과에 가 보니까 임신이라 일시적으로 그럴 수 있다고 하더라고요.”

“그래요…….”

“네, 좀 심하긴 한데, 약을 먹을 상황이 아니라 그냥 참고 있어요.”

이유 없는 이명이라.

“전하고 비교해서 시력은 좀 어떠세요?”

“네네, 눈도 많이 나빠졌어요. 텔레비전 볼 때도 자꾸 눈을 찌푸리게 되더라고요. 제가 원래 눈이 좋은 편인데.”

“언제부터였나요?”

“최근 들어서 부쩍 더 그런 것 같아요. 심각한 건 아니겠죠?”

심각한 것일 수도 있습니다. 임신을 했으니 빈혈은 어쩔 수 없다 해도 청색증에 이유 없는 이명과 시력 감퇴라면…….

윤영의 증세가 왠지 마음에 걸렸다.

“네, 큰 문제 아닐 겁니다.”

“첫 임신이라 이것저것 걸리는 게 많네요.”

“영아!”

그 순간, 검사받으러 갔던 기중기 씨가 돌아왔다.

“여보.”

"선생님 오셨어요?"

기중기가 환한 얼굴로 인사했다.

"네, 검사받으시고 오시는 길이세요?"

"네, 초음파검사 하고 왔습니다."

"그렇군요. 컨디션 좋아 보이시네요?"

"네, 선생님 덕분에 날아갈 것 같습니다. 이제 숨도 안 차요."

"다행입니다."

"그나저나, 저 언제 퇴원할 수 있는 겁니까? 사정이 여의치 않아서 일을 해야 하는데."

"아직은 좀 더 안정을 취하셔야 합니다. 그리고 퇴원하셔도 당분간 일은 하기 힘드세요."

"제가 그럴 팔자가 못 됩니다. 우리 희망이도 곧 나오는데."

"여보, 무리하지 마요. 완전히 낫고 퇴원해야죠."

"아니야, 이제 하나도 안 아파! 날아갈 것 같은데?"

"그래도 치료받을 때 받아야죠."

"걱정 마, 내 귀를 보라고. 우리 할머니가 벽에 똥칠할 때까지 살 팔자라고 했어!"

하하하, 기중기가 호탕하게 웃었다.

확연한 청색증에 이유 없는 이명에 시력 저하까지? 도대체 이 여자의 몸속에서 무슨 일이 벌어지고 있는 걸까?

"선생님, 다음 주엔 퇴원 가능하겠죠?"

"네?"

"무슨 생각을 그리 골똘히 하세요? 저 다음 주엔 퇴원 가능하냐고요."

"아, 네. 그건 제가 결정하는 게 아닙니다. 교수님이 말씀해 주실 겁니다."

"하하하, 기분 같아서는 오늘 당장 퇴원해도 될 것 같은데 말이죠."

기중기가 뽀빠이 자세를 취하며 어깨를 불끈거렸다.

❤

고함 교수 연구실.

"기중기 환자는 좀 어떤가?"

"네, 워낙 의지가 강한 분이라 회복 속도가 굉장히 빠릅니다."

"그거 반가운 소리군. 그렇긴 해도 명색이 복부 대동맥 폐색이야. 이 녀석이 호락호락한 놈이 아니거든. 무리하면 안 돼."

"네, 그렇게 전하겠습니다."

"그래, 그건 그렇고. 보니까 보호자분이 만삭이던데, 무리하면 안 되는 것 아냐?"

"네, 저도 간병인을 두는 게 좋겠다고 말씀드렸는데, 한사

코 직접 병 수발을 들겠다고 하시더라고요."

"아이고야, 부부가 금실이 좋은 건 뭐라 할 수 없지만, 만삭의 임산부가 무리하면 안 될 텐데."

"형편이 여의치 않은 것 같습니다."

"젠장, 그놈의 돈이 뭔지. 막달이라고 들었는데, 그러다 잘못되면 큰일인데. 하여간, 나랏일 하는 것들은 애먼 데 돈 쓰지 말고 저렇게 열심히 사는 사람들 지원해 줘야 하는 거 아냐?"

"……."

"하여간, 죽 쒀서 개 준다고, 그 많은 돈이 다 어디로 줄줄 새는 건지. 자네가 원무과에 한번 알아봐. 우리 병원하고 연결된 간병인들이 있을 거야. 거기면 좀 저렴한 가격에 구할 수 있을지 모르니까."

하여간, 오지랖이 태평양급인 고함 교수였다.

"네, 알겠습니다. 그건 그렇고 드릴 말씀이 있습니다."

"뭔데, 말해 봐."

"아무래도 그 보호자분이 좀 마음에 걸립니다."

"나도 맘에 걸리니까 간병인 알아보라고 하는 거 아냐."

"그게 아니라, 보호자분의 몸 상태가 정상이 아닌 것 같아서요."

"임산부가 정상일 리가 있나. 몸 안에 또 다른 생명을 품고 있다는 게 얼마나 힘든 일인데."

"단순히 임신 문제만은 아닌 것 같습니다."

"그러면?"

"빈혈이 심합니다."

"인마, 임산부가 빈혈이 심한 건 당연한 거 아냐?"

고함 교수가 대수롭지 않게 받아들였다.

"네, 그렇긴 한데, 얼핏 보니 청색증 증세가 있는 것 같아요."

"청색증?"

청색증이란 말에 고함 교수가 반응했다.

"네."

"부위가 어디야?"

"손끝과 입술입니다."

"음, 메트헤모글로빈 빈혈증일 수도 있겠네. 헤모글로빈 수치 검사해 봤어?"

"아뇨, 아직요."

"헤모글로빈 수치부터 확인해 봐야지."

"네, 그렇긴 한데, 그게 다가 아니에요."

"그게 다가 아니다?"

"네, 티니터스(이명)에 갑작스러운 시력 저하 현상을 호소하고 있습니다."

"이명을?"

"네, 그렇습니다."

"그 밖에는?"

"구토, 설사도 잦은 편입니다."

"구토, 설사라⋯⋯. 너 지금 머릿속에 무슨 생각을 하고 있는 거야?"

고함 교수가 눈매를 좁혔다.

"확실한 건 아니지만⋯⋯."

"아이젠멩거라도 의심하는 건가?"

아이젠멩거증후군.

심장 내 심실에 문제가 생겨 폐동맥으로 다량의 피가 흘러들어가는 병.

폐는 혈액을 보유할 수 있는 한계가 있기 때문에, 다량의 피가 유입되면 폐동맥의 압력도 높아져 폐동맥 벽이 점차 두꺼워지게 된다.

결국, 그러다 폐동맥이 막히게 되고, 오히려 폐로 가는 혈액의 양이 감소하게 된다.

최종적으로 폐와 심장이 모두 망가져 두 장기를 모두 생체이식 하지 않으면 안 되는 상황이 올 수도 있는, 무서운 질병이었다.

따라서 아이젠멩거증후군을 가지고 있는 환자가 임신을 하는 건 금기시되어 있으며, 혹시 임신을 하더라도 조기 유산해야 했다.

"네, 100% 확신할 순 없지만, 가능성을 전혀 배제할 순 없을 것 같습니다."

"미쳤니? 그분 지금 임신 중인 거 몰라? 아이젠멩거 환자가 어떻게 출산을 해?"

"그래서 저도 아니길 바라고 있지만, 좀 걱정이 돼서요. 교수님이 확인을 좀 해 주셨으면 합니다."

"그래, 확인을 해 봐서 나쁠 건 없으니까. 다만, 아닐 거야. 아이젠멩거라면 산모와 태아가 사망할 확률이 50%가 넘어."

"네, 저도 아니길 바랍니다."

"그래, 내가 한번 보도록 하지."

"감사합니다."

"아닐 거다. 세상에 천인공노할 못된 짓을 한 인간들도 버젓이 잘 살고 있는데, 그 선한 사람들한테 그렇게 가혹할 리없어."

고함 교수가 입술을 잘근거렸다.

그 즉시, 고함 교수는 윤영을 검사하기 위해 그녀를 진료실로 불렀다.

"산부인과에서 아무런 말도 없었습니까?"

"네, 선생님. 아무 말도 없었는데, 왜 그러시죠?"

고함 교수가 문진을 마친 후, 심각한 표정을 짓자 윤영이 불안한 표정을 지었다.

"빈혈이 임신 전에도 심했을 텐데요?"

"아, 네. 제가 마르기도 했고, 워낙 입이 짧아 끼니를 잘 거르는 편이라, 평소에도 좀 빈혈기가 있긴 했어요. 그런데 왜요?"

"최근 이명도 생기셨다고요?"

"네, 그렇긴 한데, 혹시 우리 아이한테 무슨 문제라도 있는 건가요?"

그저 배 속의 태아 걱정뿐, 윤영에게 자신의 몸 따위는 중요하지 않았다.

"아무래도 검사를 좀 해 봐야 할 것 같아요."

"무슨 검사를 말씀하시는 건가요? 곧 있으면 출산일인데."

윤영이 걱정스러운 표정으로 물었다.

"일단 초음파검사와 심전도검사를 해 봐야 할 것 같습니다."

"우리 아이에게 아무 문제 없는 거죠?"

윤영이 자신의 배를 문질렀다.

"네, 태아에겐 문제가 없습니다. 다만, 초음파검사 후에 이상 소견이 발견되면 심장 카테터 검사를 해야 할 수도 있어요."

"심장 검사요?"

"네, 그렇습니다."

"제가 심장이 안 좋은가요?"

점점 어두워지는 그녀의 표정이었다.

"아직 단정할 순 없습니다. 검사 결과가 나오면, 그때 다시 의논하시죠."

"선생님! 아무 일 없겠죠?"

"네, 검사하는 데는 아무 일 없을 겁니다. 그러니 너무 걱정 말고 맘 편히 계십시오."

"네에, 알겠습니다. 저, 우리 희망이 꼭 낳아야 해요! 애 아빠가 결혼 6년 만에 우리 희망이 생겼다고 얼마나 좋아했는데."

"네, 일단 검사부터 받아 보시죠."

그리고 며칠 후, 몇 가지 검사를 했고, 결과가 나왔다.

우려했던 대로 윤영은 아이젠멩거증후군을 앓고 있었다.

"한 교수, 이게 무슨 날벼락이냐?"

검사 결과지를 살펴보는 고함 교수의 눈 주위가 잔뜩 뭉쳐 있었다.

"결국, 아이젠멩거증후군입니까?"

"그래. 도대체 이 돌팔이들은 뭐 한 거야? 심초음파 한 번 안 한 거야, 뭐야? 청진기 대 보면 잡음이 공사장 돌 깨는 소리처럼 들렸을 텐데 말이야. 젠장!"

고함 교수가 검사지를 집어 던졌다.

"이 정도면 인펙트브 엔도카다이티스(감염성 심내막염)가 의심되지 않습니까?"

"물론이지. 심내막염이 문제야? 지금 상태로 보니까, 폐하고 심장하고 다 날아가게 생겼어."

"환자는 임산부이지 않습니까?"

"그래서 더 문제라는 거야."

"맞습니다. 이 환자의 경우 출산을 하게 되면 체내 호르몬과 자율신경계에 변화가 생기면서 매우 치명적일 수 있습니다."

"그야 당연하지. 일반적으로 임산부들한테 투여하고 있는 옥시토신(자궁수축호르몬)도 써서는 안 돼. 자칫 폐혈관이 수축돼 버리면 낭패거든. 게다가, 자칫 우심실 기능 저하에 의한 부정맥이 올 수도 있겠지."

"어떻게 하실 작정이십니까?"

"나도 모르겠어. 아무리 생각해도 답이 없어. 환자를 살리자니 아이가 위태롭고, 아이를 살리자니 환자가 위험하니 말이야."

"전 무조건 환자를 살려야 한다고 생각합니다. 결국, 출산을 한다면 제왕절개뿐인데, 그렇게 되면 다량의 출혈과 함께 혈압이 급격히 떨어져 위험천만합니다."

"……."

"게다가 국내엔 아직 아이젠멩거증후군을 앓고 있는 임산부 수술을 성공한 케이스가 전무합니다."

"나도 알아. 그러니까 지금 걱정하고 있는 것 아냐."

"그게 걱정거리가 됩니까? 당연히 산모를 살려야 합니다. 자칫 수술에 실패하면 이 모든 책임은 전부 교수님과 우리 과가 져야 하는 상황이 올 수도 있습니다."

"내가 수술을 한다고 하지도 않았는데, 무슨 책임 운운인가?"

"아니, 고민을 하실 게 없는 것 같은데 고심을 하고 계시는 것 같아서 혹시나 해서 말씀드리는 겁니다."

"이 사람아! 내가 고민을 하든 말든 자네가 무슨 상관이야?"

"교수님의 선택이 우리 과를 위태롭게 할 수 있어서입니다."

"그게 아니라, 자네를 위태롭게 하겠지. 아무튼, 자네를 보면 내가 맘이 짠해."

"그게 무슨 말씀이십니까?"

"내가 말했지, 자넨 눈이 꽉 차 있다고. 그 눈을 비우기 전엔 자넨 절대로 좋은 의사가 될 수 없을 걸세."

"살릴 수 있는 환자를 죽일 순 없어서입니다."

"그러니까 눈을 비우라는 거야. 아이를 잃은 엄마의 삶이 어떨지 생각해 봤나? 그 이후 환자가 어떻게 살 것인지 고민해 봤냐고? 살아도 산 게 아닐 거야. 우린, 그저 수술해 주고 돈만 받으면 그만인가?"

"……."

"방법이 없는 건 나도 알아. 하지만 최소한 고민은 해야 할 것 아닌가? 그게 의사이기 전에 사람으로서 해야 할 도리야."

"이해할 수 없군요. 그게 어떻게 같다는 말씀입니까? 둘 다 죽는 것보다는 훨씬 합리적인 선택입니다."

"그, 그게 아니라……. 아닐세. 나 피곤하니까 그만 나가 봐."

고함 교수가 눈을 지그시 감았다.

"네, 그러면 환자에게 통보하겠습니다."

"놔둬. 최소한 주치의인 내가 할 일이니까."

"네, 알겠습니다."

그렇게 윤영 환자는 아이젠멩거증후군이라는 무서운 병을 진단받았고, 이 사실을 통보하기 위해 고함 교수가 기중기 환자를 만났다.

"……."

고함 교수가 아내 윤영에 대해 설명하자, 기중기의 얼굴색이 흙빛으로 변했다.

"아, 아내는 괜찮은 겁니까?"

"네, 최선을 다해 보도록 하겠습니다."

"아이는 살릴 수 없는 건가요?"

기중기가 간절한 표정으로 물었다.

"안타깝지만 그렇습니다."

"아내는요? 살 수 있는 거죠?"

"솔직히 말씀드리면, 지금 현 상태를 유지하는 것이 최선입니다."

"흑흑, 제가 나쁜 놈입니다. 먹고살기 바쁘다는 핑계로 아내를 신경 쓰지 못했어요. 매번 그렇게 숨이 차고 빈혈이 있다고 했는데, 그걸 대수롭지 않게…… 흑흑흑."

기중기가 오열하며 눈물을 흘렸다.

"……."

"저 아픈 것만 신경 썼지 마누라 몸뚱이가 썩어 문드러져 가는 것도 모르고! 아이는 괜찮습니다. 제발 제 아내만 살려주십시오!"

"아이젠멩거증후군은 초기에 특별한 증세가 없습니다. 그냥, 체력이 좀 약해졌거니, 빈혈이 좀 있겠거니 넘어가는 경우가 많아요. 보호자분의 책임이 아닙니다."

"수술을 하면 안 됩니까?"

"안타깝게도 부인께서 앓고 있는 병은 수술이 불가능합니다. 심장과 폐를 동시에 생체 이식하면 가능하긴 하겠지만, 그건 어디까지나 이론에 불과합니다."

"그, 그러면 앞으로도 아내는 이런 몸 상태로 살아야 하는 겁니까?"

"네, 안타깝지만 그렇습니다. 다만, 좋은 약이 많이 나왔고, 폐동맥 확장제를 쓰면 조금은 개선이 될 것 같군요."

고함 교수가 최대한 친절하게 기중기에게 설명했다.

"아, 아이는요?"

"물론, 앞으로 임신은 불가능합니다. 아내분은 더 이상 임신을 하면 위험해요."

"후우, 어쩌지. 어떤 점쟁이가 제 팔자에는 자식이 없다고 하더군요. 그래서 우리 희망이 생겼을 때, 당장 그 인간 찾아가 욕을 한 바가지 해 주고 싶었는데, 결국 이렇게 되는 거군요."

기중기가 허탈한 듯 천장을 올려다보았다.

"……."

"아무려면 어떻습니까? 아이는 어쩔 수 없다 치더라도 우리 불쌍한 아내만 제발, 제발 살려 주십시오."

"네, 일단 산부인과 선생들과 협의토록 하겠습니다. 너무 걱정 마세요."

"네네. 제발!"

기중기가 고함 교수의 팔을 잡고 매달렸다.

그렇게 모든 것이 마무리될 줄 알았던 상황은 윤영의 태도 때문에 급변하고 말았다.

"아뇨! 전 절대로 우리 아기, 포기 못 합니다."

기중기와는 달리 윤영의 태도는 완고했다.

"여보! 그러다가 당신까지 잘못된다고! 우리 포기하자! 응?"

"당신은 그렇게 쉽게 포기가 돼요?"

"그건 아니지만."

"아뇨, 절대 포기 못 해요. 당신도 들어 봤잖아요, 우리 아기 숨소리! 내가 기뻐하면 녀석도 내 배를 차며 같이 기뻐했다고! 내가 슬퍼하면 우리 아기도 같이 눈물 흘려 줬단 말이에요! 그런데 어떻게 나 살겠다고, 우리 아기를……."

윤영이 어깨를 들썩이며 흐느꼈다.

"여보! 난, 당신이 훨씬 더 소중해. 그러니까 제발……."

"당신은 우리 희망이 잃고 맘 편히 살 수 있어요? 난 못 해요, 절대! 차라리 죽는 게 나아요."

"여보!"

윤영의 태도로 볼 때, 그녀는 아이를 포기할 여자가 아니었다.

💔

"교수님, 뭐 하나만 여쭙겠습니다."

"말해 봐."

"윤영 환자 말입니다. 정말, 산모와 아이 둘 다 살릴 길은 없는 겁니까?"

"의사는 신이 아니야."

그의 대답은 간단명료했다. 결국, 지금의 의학 수준으로는 산모와 아이, 둘 다를 살릴 수 없다는 것이 그의 생각이었다.

"불가능하다는 말씀이십니까?"

'제가 직접 눈으로 확인했는데도 말입니까?'라는 말이 입 밖으로 튀어나올 뻔했다.

그래, 맞다.

난 이와 유사한 환자의 수술을 직접 참여한 적이 있고, 성공적으로 그 수술을 마쳤다.

임신 36주 차의 산모. 우연히 아이젠멩거증후군 진단을 받았고, 이 환자 역시 출산을 포기하라는 제안을 받았지만, 뜻을 굽히지 않고 수술을 강행했던 적이 있었다.

결국, 병원 측은 장고에 빠졌고, 산부인과, 마취과, 흉부외과, 심장내과의 협진으로 건강한 아이를 출산할 수 있었다.

한 번도 해 보지 못한 전인미답의 영역이라 두려웠을 뿐, 분명 불가능한 수술은 아니었다.

지금의 의학 수준에서도 말이다.

"불가능해."

"한상훈 교수님과 같은 말씀을 하시는군요."

"음, 그 인간, 인간미가 없어서 재수 없긴 하지만 이번만큼은 한 교수의 말이 맞아. 우린 어떡하든 산모를 살려야 하지 않겠나?"

"왜 둘 다 살릴 수 있다는 생각은 안 하십니까?"

"그러다가 둘 다 사망하면?"

"……."

"둘 다 살릴 확률보다 둘 다 죽을 확률이 몇 배는 높아. 어떡하든 환자만 설득하면 아이는 버리더라도 산모는 살릴 수 있다. 난, 좀 더 확실한 대안을 선택할 수밖에 없어."

"왜 처음부터 산모와 아기를 둘 다 살릴 수 있는 방법을 선택지에서 제외하시는 겁니까?"

"현재로선 방법이 없으니까."

"……외람된 말씀이오나 방법이 있다면 그렇게 해 주시겠습니까?"

"방법이 있다고?"

"네, 물론 아직 이론일 뿐이지만, 전 가능하다고 확신하고 있습니다."

"……여기서 내가 널 무시하면 나도 그저 그런 교수가 되겠지? 기대는 안 하지만 한번 읊어 봐."

"제왕절개로 태아를 꺼내는 것이 좋을 것 같습니다."

"미쳤군. 누가 그걸 몰라? 정상적인 일반인들도 제왕절개는 위험해. 그런데 아이젠멩거 환자를 제왕절개 한다고? 다량의 출혈에 혈압 저하, 자율신경 실조, 호르몬 변화 등등.

부작용을 꼽으라면 열 손가락도 모자라."

고함 교수가 냉소적인 반응을 보였다.

"제왕절개는 최소 침습으로 하면 됩니다. 제왕절개 최소 침습에 관한 한 대한민국에 연희병원 산부인과만 한 곳은 없으니까요. 그러면서 마취과, 폐고혈압 센터, 그리고 우리가 혈역학적 모니터링을 하면 됩니다."

"혈액 저하나 부정맥이 오면?"

"에크모 삽입하면 되는 것 아닙니까? 그 분야, 최고는 제 앞에 계시고요."

"그러니까, 산부인과, 흉부외과, 마취과, 폐고혈압 센터 협진을 하자는 건가?"

"네, 그렇습니다. 수술을 마치고, 태아가 출산하면 신생아 중환자실로 바로 옮기면 될 것입니다. 전, 환자와 태아 둘 다 살릴 수 있을 거라 확신합니다. 유기적인 다학제적 협진을 한다면 산모와 아기 둘 다 건강할 겁니다!"

"……나중에 혈전 합병증에 의한 폐동맥 혈전증이나 부정맥이 온다면?"

"그건, 산모만 살려 내도 마찬가지 아닙니까? 우리 흉부외과에서 면밀히 모티터링을 해야 한다고 생각합니다."

"음, 다학제적 협진이라."

"네, 그렇습니다. 대한민국 최고의 교수님들이 모인 연희병원에서 산모와 아이 둘 중 하나만 살린다는 게 말이 됩니까? 마취과 최고 권위자인 장 교수님! 존스홉킨스에서도 탐내고 있는 산부인과 왕 교수님! 그리고 제가 존경하는 고함 교수님이 있는 연희병원입니다! 교수님의 능력을 제자들에게 보여 주십시오."

"……새끼! 조동아리 하나는 명품이구나. 일단 알았어. 나가 봐. 교수들이랑 상의해 볼 테니까."

"네, 감사합니다!"

"네가 왜 감사를 해?"

"아뇨, 뭐 그냥요."

"그나저나 그런 생각은 언제부터 했던 거야?"

"뭘요?"

"수술 프로세스 말이야. 우리나라에 아직 케이스가 없잖아?"

당연하죠. 당신이 그 첫 번째 케이스 집도의가 될 거니까.

지금 교수님들의 실력이라면 충분히 가능합니다!

"아…… 만약에 이런 케이스가 있으면 어떤 과정을 밟아야 할까 고민해 봤습니다. 해외 케이스나 국내 유사 사례를 참고해서요."

"새끼, 레지던트 주제에 별 쓸데없는 생각을 다 하고 지랄이야! 아무튼, 나름 좋았다. 긍정적으로 검토해 보마."

"네, 교수님."

그리고 며칠 후, 난 사고를 쳤고 고함 교수는 즉시 날 자신의 연구실로 불러들였다. 그 자리에 한상훈 교수도 나와 있었다.

"너, 미쳤어?"

화가 머리끝까지 난 한상훈 교수가 버럭거렸다.

"아뇨, 미치지 않았습니다."

"미치지 않은 인간이 환자한테 그런 헛소리를 지껄여?"

"헛소리 아닙니다. 충분히 가능한 수술이라고 생각합니다."

"정신 나간 인간이군! 네 어쭙잖은 오지랖이 어떤 결과를 가져오는지 모르나? 환자에게 괜한 희망을 주는 것만큼 어리석은 행동은 없어!"

한상훈 교수가 나를 구석으로 몰아세웠다.

"지금 당장 산모를 고위험산모 치료 센터로 옮겨 모니터링하고 최소 침습 제왕절개 수술을 하면 됩니다. 우리 병원 왕교수님은 산부인과 분야에서 최고……."

"입 다물어! 레지던트 2년 차 따위가 뭘 안다고 지껄이는 거야? 아이젠멩거증후군이 뭔지 몰라서 하는 소리야? 환자는 폐혈관 수축 때문에 그 흔한 옥시토신도 투여받지 못한다고. 가뜩이나 우심실이 너덜너덜해졌는데, 부정맥으로 돌연사할 확률이 높은데, 그러다 문제 생기면 네가 다 책임질 거야?"

한상훈 교수가 입에 게거품을 물었다.

"확률은 확률일 뿐입니다. 전, 충분히 해 볼 만한 수술이라고…….'"

"개소리 집어치우고, 당장 환자한테 가서 다시 설명해."

"뭐라고 말입니까?"

"어설픈 의학 지식으로 교수님들 허락 없이 객기를 부렸다고 말이야. 모든 걸 원상 복구 시켜 놓지 않으면, 넌 내 손에 죽을 줄 알아."

"그만해, 내가 허락했어."

그동안 가만히 듣기만 하던 고함 교수가 나섰다.

"네? 지, 지금 뭐라고 하셨습니까?"

한상훈 교수가 어이없다는 듯이 눈을 깜박였다.

"내가 김 선생한테 그렇게 전하라고 했다고."

"교수님! 지금 무슨 말도 안 되는…….'"

"말이 될 수도 있어. 김윤찬 선생의 말대로 왕 교수면, 국내 산부인과 전문의 중에 최고야. 최소 침습적으로 집도하고 만약을 대비해 내가 들어가면 불가능한 것도 아니야. 게다가 폐고혈압 센터장인 민 교수가 옆에서 도와준다면 해 볼 만한 수술이야."

"교수님! 교수님도 아시다시피, 아이젠멩거증후군을 앓고 있는 환자의 임신은 금기시돼 있지 않습니까? 그럼에도 불구하고 무지한 환자는 하지 말아야 할 임신을 한 겁니다."

"말조심해! 무지한 환자라니?"

"무지한 환자가 아니고 뭡니까? 자신이 심각한 심장병을 앓고 있다는 걸 몰랐다는 게 말이 됩니까? 병원에 가서 진단을 받았어야죠!"

"우리나라에 병원에 갈 만한 여유가 없는 사람들이 얼마나 많은 줄 아나? 자네같이 여유로운 삶을 살아온 사람들은 이해할 수 없겠지만 말이야."

"아뇨, 그건 핑계일 뿐입니다. 결과론적으로 아이의 목숨을 위태롭게 만든 건 환자 자신입니다. 임신 때문에 전체 혈액의 30%~50%가 증가한 상태가 뭘 의미하는지 모르시지 않잖습니까?"

"알고 있어. 폐동맥은 언제 터질지 모르는 시한폭탄이나 다름없겠지."

"네, 맞습니다! 그런데도 수술을 강행하시겠다는 겁니까?"

"그게 환자의 뜻이야. 환자분이 원하는 것이라면 그렇게 해 주는 게 우리 의사의 도리라고 생각하네. 그래서 내가 김 선생한테 지시했어."

"다들 미쳤습니다! 전, 절대 이 수술 하게 할 수 없습니다. 잘못되기라도 한다면, 그 책임은 전부……."

"전부 내가 진다. 됐나?"

"아뇨, 이건 비단 교수님만의 문제가 아닙니다. 수술이 잘못되면 우리 병원 전체가 받을 데미지는 생각 안 하십니까? 절대 안 됩니다. 지금 당장 원장님께 보고하겠습니다."

"맘대로 해."

"하여간 징글징글하군요. 도대체 언제까지 동네 병원 수준에서 벗어나지 못하실 겁니까? 교수님을 볼 때마다 항상 살얼음판을 걷는 것 같습니다. 언제 깨질지 모르는!"

"그 입 그만 다물지?"

"아뇨, 세상 누구보다 냉철해야 하는 의사가 이렇게 감정적으로 흔들리는 모습을 더 이상, 두고 볼 수 없습니다. 어떻게 해서든 전, 이 수술 막을 겁니다."

쾅, 한상훈 교수가 거칠게 문을 열고 밖으로 나갔다.

"교수님, 왜 그러셨습니까?"

"뭘?"

"제 독단적인 판단이었습니다."

"알아."

"그런데 왜……?"

"자네가 말하지 않았나? 어쩌면 살아 있는 게, 죽는 거보다 더 고통스러울 수 있다는 생각이 들더군."

"죄송합니다. 제가 너무 경솔한 판단을 한 것 같습니다."

"아니야, 어쩌면 난 자네가 나서 주길 바랐는지도 모르겠네."

"네?"

"무슨 일이든 일단 터져야 수습을 하든 말든 하지 않겠나? 그 역할을 자네가 해 줬을 뿐이야."

"교수님."

"이제 속이 좀 홀가분하구먼. 여태까지 산모를 살릴까, 아이를 살릴까 고민하면서 괴로웠는데, 이제 적어도 그런 걱정은 안 해도 되지 않는가? 지금부터는 어떡하면 둘 다를 살릴지, 그 고민만 하면 돼. 걱정거리가 반으로 줄었지 않은가?"

"네, 미력하나마 제가 힘닿는 데까지 도와드리겠습니다."

"고맙군. 그나저나 한 교수가 저렇게 날뛰면 원장을 설득하기가 쉽지 않을 거 같은데, 큰일이군. 국내에선 성공 사례는커녕, 케이스조차 없는 수술이라."

확실히 쉬운 수술은 분명 아니었다. 게다가 병원 내 인맥이 두터운 한 교수가 나선다면 수술 팀을 꾸리는 것조차 쉽지 않았다.

분명이 방법이 있을 겁니다. 교수님!

장태수 원장실.

"이보세요, 고 교수! 그게 왜 우리 병원이어야 합니까?"

"그러면 환자를 다른 병원으로 보내자는 겁니까?"

"아니, 고 교수 말대로 확률이 높지 않다면서요? 그러다가 문제라도 생기면, 그 책임은 모두 우리 병원에서 져야 하는 것 아니오?"

"그만한 가치가 있는 수술입니다. 그 영광을 왜 포기하시려 합니까?"

"그래요. 다 좋은데, 그건 성공했을 때 얘기지. 실패하면 그 책임은 누가 다 진단 말이오?"

"원장님, 허락해 주십시오. 모든 책임은 제가 지도록 하겠습니다. 게다가 이번 수술을 성공하면, 우리 병원이 최초가 되는 거고, 그렇게 된다면 원장님은 의학사에 한 획을 긋는 분이 되시는 겁니다."

"고 교수, 내가 몇 번을 말해요. 이건 안 되는 겁니다! 더이상, 논할 가치가 없어요."

"다시 한번 재고해 주십시오."

"그럴 사안이 아닙니다. 세상엔 되는 게 있고 안 되는 게 있는 거예요. 설사, 내가 허락한다 한들, 타 과 교수들이 허락하겠습니까? 나를 설득하기 전에 그 사람들을 먼저 설득하셔야 할 겁니다."

"그러면 제가 교수들을 설득하면, 허락해 주시는 겁니까?"

"아니죠, 하나 더 있죠."

장태수 원장이 고개를 절레절레 흔들었다.

"그게 뭡니까?"

"성공한다는 보장이 있어야죠."

"네? 그게 현실적으로 가능한 일이 아니지 않습니까? 하다못해 맹장 수술을 하더라도 위험은 존재하는 법입니다."

결국, 장태수 원장은 하지 말라는 뜻이었다.

"그렇다면 안타깝지만 어쩔 수 없죠. 우리 병원에선 절대로 그런 위험을 감수할 수 없으니까요."

"원장님!"

"음, 이럴 바엔 차라리 외국에 나가서 수술을 받게 하는 건 어떻겠소? 외국에선 성공 사례가 있지 않습니까?"

"하루 벌어, 하루 먹고사는 분들이십니다. 그게 가능하겠습니까?"

"그렇다면 더 힘들겠군요. 산부인과, 흉부외과, 심장내과 협진 아닙니까? 그 비용은 어떻게 감당하려는 게요?"

"그래서 제가 말씀드리지 않았습니까? 우리나라 최초 케이스라고요. 그 정도면 충분하지 않겠습니까? 게다가 환자는 가정 형편이 어렵다고 말씀……."

"참, 답답하십니다. 어디 딱한 환자가 그 환자뿐입니까? 당장, 병원비가 없어 퇴원하는 환자가 한둘이 아닙니다. 매사에 이런 식이면 정말 곤란해요."

장태수 원장이 못마땅한 듯 미간을 좁혔다.

"그러니까 우리가 해 줘야 하는 것 아닙니까? 이 병원의 설립 목적도 자애로운 인술 아니었던가요?"

"당신은 그게 문제야! 현실을 직시하라고!"

"원장님!"

"아무튼, 내 생각은 변함이 없어요. 고 교수를 보면 항상 위태위태해. 우리 병원은 당신처럼 위태로운 사람보단, 안 정적인 사람을 원한다고! 사람들이 자네보고 뭐라고 하는지 아나?"

"관심 없습니다."

"관심 없어도 들어. 슈퍼맨이야."

"슈퍼맨이요?"

"그래, 그게 좋은 의미가 아니란 것만 명심해. 슈퍼맨은 영화 속에서나 존재하지 현실엔 없는 거니까."

결국, 고함 교수는 원장의 허락을 구하지 못했다.

산부인과 왕 교수 연구실.

고함 교수가 왕 교수의 연구실을 찾았다.

"표정을 보아하니 실패한 모양이군."

왕 교수가 고함 교수에게 차를 내왔다.

"젠장, 꿈쩍도 안 해."

"당연하지. 장 원장이 쉽사리 허락할 사람인가? 손톱만큼 도 손해 볼 사람이 아니야."

"말이 안 통해. 분명, 이번 수술만 잘 해내면 병원 입장에 서도 상당한 메리트가 있는데도 말이야."

"후후후, 그 인간한테는 씨알도 안 먹히지. 절대 손해 보는 짓은 하지 않을 거야. 그 덕에 그 자리를 보전하는 거고. 그나저나 큰일이네. 윤영 환자, 이대로 놔두면 위험할 텐데."

"그러게 말이야. 그나저나 왕 교수, 하나만 묻자. 솔직히 답해."

"그래, 너무 아프게 물지는 말고."

"젠장, 지금 농담이 나와?"

"알았어. 물어봐, 뭔데?"

"윤영 환자, 수술하면 살릴 수 있냐?"

"환자를 말하는 거야, 아이를 말하는 거야?"

"당연히 둘 다지."

"음, 솔직히 말해 줄까, 아니면 네 편에서 말해 줄까?"

"솔직히 말해 봐."

"그래?"

왕 교수가 한쪽 눈썹을 올리며 말했다.

"그래, 솔직히."

"고 교수, 내가 뭐 하나만 묻자. 로빈슨 크루소란 소설 알지?"

"갑자기 그게 왜 나와?"

"그 소설을 아마 20개 넘는 출판사가 거절했다지? 근데, 그 소설이 250년도 넘게 사람들의 사랑을 받고 있어."

"그게 무슨 뜻이야? 나, 단세포적인 놈인 거 몰라?"

"아무도 그 소설이 그렇게 베스트셀러가 될 거라곤 생각지 못했다는 거지."

"그러니까 가능하다는 거야, 가능하지 않다는 거야?"

"내 판단으론 충분히 가능하다고 본다. 고함 교수가 옆에 있다면."

"그러니까 아이랑 산모 둘 다 살릴 수 있다는 거야?"

"100% 장담은 할 수 없지만, 최소 침습으로 제왕절개를 하면 불가능한 건 아니라고 본다는 거지. 다만, 수술 중에 어떤 일이 일어날지는 나도 모르겠어."

"그거야 자네는 거기까지만 책임지면 돼. 나머진 내가 알아서 할 테니까. 그러니까 산부인과적으로 불가능한 건 아니라는 거지?"

"그래, 해 볼 만해. 심장, 폐를 제외하곤 산모 상태나 아이 상태나 모두 양호하니까."

"좋아, 그 정도면 됐어! 되든 안 되든 밀어붙여야겠어. 자네도 도와줄 거지?"

"이 사람아, 제발 머리 좀 쓰자. 그게 밀어붙인다고 될 일이야?"

어휴, 왕 교수가 답답한 듯 가슴을 내리쳤다.

"안 될 건 뭐야? 왕 교수하고 나하고 하겠다면 하는 거지. 수술방 열고 시작하면 되는 거잖아? 장태수 원장이 설마 수술방까지 쳐들어오겠어?"

"와, 이 인간!"

"그럼 뭐야? 수술하겠다는 거야, 말겠다는 거야?"

"그러니까 머리를 쓰자는 것 아닌가?"

"어떻게?"

"20개가 넘는 출판사에서 까였던 로빈슨 크루소가 어떻게 세상에 나왔겠나? 바로 그 가치를 알아본 출판사가 있었기 때문이란 걸 명심해. 고 교수는 바로 그 출판사를 찾아야 할 거야."

"출판사?"

"그래, 하여간 제자보다 못한 놈이야 넌."

"제자? 그게 무슨 소리야?"

"얼마 전에 자네 과, 김 선생이 다녀갔어."

"김윤찬이?"

"그래."

"그 녀석이 뭐라고 했는데?"

"뭐라고 하긴? 너랑 똑같은 걸 물었지. 수술 가능하겠냐고."

"그래서?"

"뭐가 그래서야. 지금 너한테 말한 대로 그대로 말해 줬지."

"그랬더니?"

"그 출판사를 자기가 한번 찾아보겠다고 하더라."

"출판사를 찾아?"

"그래. 내가 볼 땐, 확실히 청출어람이야. 김윤찬 선생을 보면, 너랑 비슷하긴 한데 확실히 너랑은 종족이 달라."

"뭐가?"

"고 교수는 머리는 없고 가슴만 있는데, 김윤찬 선생은 확실히 머리도 있거든. 하여간 너보다 백배는 낫더라."

"뭐래는 거야, 씨!"

"김윤찬이 만나 보면 알 거 아냐?"

"너, 왕 교수한테 뭐라고 씨부린 거냐?"

"산모 수술 가능하냐고 여쭤봤습니다."

"그건 나도 아는 거고. 뭐라고 했기에 네놈이 나보다 똑똑하단 소릴 내가 들어야 하냐고?"

"아."

"아? 빨리 말해, 왕 교수한테 무슨 사탕발림을 했는지."

"로빈슨 크루소요?"

"그러니까, 너나 왕 교수나 알아먹지 못하는 소리만 하던데, 빨리 쉽게 간단명료하게 말해 봐. 도대체 뭐야? 출판사 어쩌고저쩌고하던데 말이야."

고함 교수의 목소리에 짜증이 묻어 있었다.

"이번 프로젝트에 캠브리지 의대를 개입시키려고요."

"캠브리지를?"

"그렇습니다. 아이젠멩거증후군이라면 거기만 한 곳이 없지 않습니까?"

"그래, 그건 나도 아는데, 캠브리지가 맥줏집 벨이냐, 누르면 오게?"

"뭐, 우리 병원이랑 전략적 제휴를 맺었으니 안 될 것도 없지 않을까요?"

"'아하! 굿 아이디어!'라고 할 줄 알았냐? 이 녀석아, 그게 말처럼 쉬운 게 아니야. 이게 배달 음식 시키는 것처럼 간단한 게 아니라고. 난 또 뭐라고."

고함 교수가 실망스러운 표정을 지었다.

"아니, 기적이라는 것도 있잖습니까? 연락 한번 해 보는 게 그렇게 어려운 것도 아니고."

"어휴, 답답한 놈아! 캠브리지가 114도 아니고, 내가 전화하면 친절하게 제이든 석좌교수 연락처라도 가르쳐 준다든?"

"여기요, 제이든 교수님 개인 연락처."

난 고함 교수에게 제이든 교수의 연락처가 적힌 메모지를 내보였다.

"뭐, 뭐라고? 이게 제이든 교수 연락처라고?"

"네, 한번 연락이라도 해 보시죠. 또 압니까?"

"너, 이 연락처는 어떻게 구했는데? 제이든 교수 스토킹하나?"

"지금 그게 중요한 건 아니잖습니까? 일단, 해 보시죠. 로빈슨 크루소를 출간해 주실 건지 말 건지부터 확인해 봐야 하지 않을까요?"

"엉뚱한 놈! 너 괜히 사람 망신 주는 거면, 손모가지를 분질러 놓을 테니까 알아서 해."

"그건 전화 통화 끝난 다음에 결정하시죠."

잠시 후.

"누구냐 넌?"

제이든 교수와 통화를 마친 고함 교수가 눈을 깜박였다.

"네? 2년 차 김윤찬인데요?"

"누가 네 이름 물어봤어? 내가 언제 제이든 교수한테 그런 자료를 보내라고 했어?"

"아, 그거요."

"그거요? 지금 나랑 장난해? 어떻게 내가 작성하지도 않은 수술 매뉴얼이 버젓이 내 이름 달고 제이든 손에 들려져 있느냐 말이지. 거짓말 한 개도 보태지 말고 솔직히 말해, 허튼소리 하면 주둥이를 비벼 버릴 테니까."

"아, 그거야 뭐, 교수님이 가르치신 대로 여러 논문 참고해서 만든 거니까 교수님 매뉴얼이 맞죠."

"개소리! 난 발기부전제인 실데나필을 치료제로 써도 좋다는 말은 한 적이 없는데?"

"네, 맞습니다. 실데나필을 적용하면 근육이 이완되면서 장기로 유입되는 혈액이 증가돼 폐혈관계에서는 폐동맥 압력이 개선되죠. 바로 그 부분이 포인트입니다."

"미친놈! 그거야 이제 연구 단계 아니냐?"

"캠브리지에선 이미 임상이 완료된 것으로 알아요. 폐동맥 압력을 낮추는 데 탁월한 효능이 있다는 논문도 상당히 많습니다. 다소 부작용이 있을 수 있지만, 급한 불부터 꺼야 하지 않겠습니까?"

"너 진짜 뭐야?"

고함 교수가 어이없다는 듯이 날 노려봤다.

"뭘 말씀하시는지……."

"제이든한테 보낸 논문 말이야."

"아, 그거요."

"너, 괜히 얼렁뚱땅 넘어갈 생각은 꿈에도 하지 마."

"여러 논문과 교수님이 닥터스에 올린 칼럼을 보면서 연구한 겁니다."

"그 뻘소리를 나보고 믿으라고?"

"정말입니다."

"좋아, 실데나필은 그렇다 치고, 최소 침습적 제왕절개, 그리고 수술장에서의 혈역학적 모니터링, 체외막산소 발생장치(ECMO) 즉시 적용을 위한 흉부외과 백업 3단계, 게다가 마취과까지 다학제적 협진 프로세스까지. 이건 직접 수술을 집도해 본 놈 같은 발상이잖아? 이게 말이 돼?"

여전히 얼떨떨한 모습의 고함 교수였다.

당연한 거 아닙니까? 그 수술방에 제가 있었으니까요.

"그거 전부 교수님이 쓰신 칼럼에 있는 내용입니다. 거기에 제 상상력을 좀 더했을 뿐이죠."

"말도 안 돼! 아무튼, 너 제이든한테 보낸 메일 토씨 하나빼먹지 말고 나한테 다시 제출해."

"네, 알겠습니다. 그나저나 제이든 교수가 뭐라고 하던가요?"

"하아, 어이없게 그 논문을 자기네 왕립 의학 저널에 싣자는구나."

"와, 대박! 축하드려요, 정말!"

"미친놈아, 내가 쓰지도 않은 저널을 왜 올려!"

"에이, 그거 교수님이 쓰신 거나 다름없어요. 그저 제가 커닝을 했을 뿐입니다. 그건 그렇고, 윤영 환자는요?"

"일단, 제이든이 우리 병원 경영진과 상의해 본다고 하더라. 이번 수술만 잘 끝나면, 심장, 폐 동시 생체 이식은 캠브리지 아이젠멩거 센터에서 지원할 수 있다고 말이야."

"정말요? 진짜죠?"

"그래, 인마!"

"잘됐네요. 정말 잘됐어요!"

"그, 그래, 잘되긴 한 것 같다만, 이건 뭐, 도깨비에 홀린 기분이라, 뭐가 뭔지 모르겠구나."

여전히 어리둥절한 표정의 고함 교수였다.

그 순간, 울리는 전화벨 소리. 장태수 원장의 전화였다.

"네, 원장님."

―어휴, 이런 엉뚱한 사람을 봤나? 제이든하고 이미 얘기가 된 사항이었으면 미리 귀띔을 해 줘야지, 이 무심한 사람아. 당장, 내 방으로 올라와!

장태수 원장의 급호출이었다.

"이 사람이, 아주 사람 놀라게 하는 데는 선수야, 선수!"

장태수 원장이 고함 교수를 보자마자 호들갑을 떨었다.

"아, 네."

"제이든 교수하곤 언제 그렇게 얘기가 된 건가?"

"네, 그냥, 뭐."

"그래, 자네야 원래 책임감이 강한 사람이니, 모든 것이 확실해지기 전까지 함구한 거겠지."

"네."

"아무튼, 이사장님도 기대가 크다고 하시더군. 이번 수술만 잘 끝내면, 영국 왕립 저널에 국내 병원으로는 최초로 우리 병원이 메인으로 올라갈 수도 있겠어!"

"네, 최선을 다하겠습니다."

"뭐, 왕 교수야 산부인과 분야에선 독보적인 존재고, 자네 역시 국내 최고 칼잡이 아닌가? 병원에서도 최대한 지원해 줄 테니까, 사고 한번 쳐 봐."

며칠 전까지만 해도 길길이 날뛰던 장태수 원장의 태도가 180도 바뀌었다.

"네. 그나저나 대규모 수술 인원도 필요하고 산부인과 협진이면 비용이 만만치 않을 텐데요?"

"걱정 마! 하늘은 스스로 돕는 자를 돕는다고 하지 않았나?"

"그게 무슨 말씀이십니까?"

"한 독지가가 수술 비용을 전액 부담하겠다고 나섰어."

"독지가요? 어떤?"

"그건 나도 잘 모르겠는데, 아무튼 우리 병원에서 치료를 받았던 분이라는 것 정도만 알고 있어."

"우리 병원에 입원하셨던 분요?"

"그래. 아, 맞아! 자네 과의 김윤찬이란 수련의 있잖아?"

"네."

"그 친구한테 윤영 환자 소식을 접하고 도와주게 되었다고 하더군. 아마 그 친구한테 물어보면 알 걸세. 가만 보면 그 친구도 물건이야, 물건! 지난번에도 제이든의 마음을 홀딱 뺏어 가더니, 이번에도 한몫 단단히 한 듯해. 제이든이 입에 침이 마르도록 칭찬하더군."

"네, 그렇군요."

"아무튼, 제이든 교수도 화상으로 수술 자문을 해 주겠다고 하니까, 준비 철저하게 하도록!"

"네, 알겠습니다."

"이참에 세계만방에 대한민국의 의술이 얼마나 뛰어난지 과시합시다!"

껄껄껄, 장태수 원장이 목젖이 보이도록 크게 웃었다.

"너, 옥상으로 올라와."

의국에 들른 고함 교수의 표정이 무거웠다.

"네, 교수님."

"야, 너 도대체 얼마나 죽을죄를 진 거야?"

그 모습에 이택진이 내 옆구리를 팔꿈치로 찍었다.

"몰라."

"인마, 지금 교수님 표정 못 봤어? 사람 한두 명은 씹어 먹을 기센데?"

"그러게. 왜 그러시지?"

"빨리 자수해라. 도대체 무슨 짓을 한 거냐? 요즘 너 위태위태하더라? 한 교수도 너만 보면 눈에서 레이저 뿜어내던데."

"그랬냐?"

"그래, 인마. 제발 좀 조용히 살자. 괜히 너 때문에 의국 분위기 엉망이고 이게 뭐냐? 아무튼, 뭔지는 모르겠지만, 싹싹 빌어라. 들리는 소문에 고함 교수 소싯적엔 조폭 출신이었다더라. 네 팔모가지 날리는 건 일도 아냐."

"그래, 알았다, 조심하마."

흉부외과 병동 옥상.

"말해 봐."

"뭘요?"

"도대체 지금 일어나는 일련의 일들이 어떻게 된 건지. 괜히 지어내려 들면 죽는다."

"도대체 무슨 말씀을 하시는 건지 잘 모르겠는데요?"

"그러면 이 모든 게 다 우연이라는 거야?"

"뭐, 그럴 수도 있는 것 아닌가요?"

"네가 제이든한테 보낸 자료 확인해 봤어. 근데, 이건 아무리 생각해 봐도 말이 안 돼. 네가 직접 눈으로 보고 손으로 느낀 게 아니라면⋯⋯."

"아니라면요?"

"아냐, 아무리 천재⋯⋯. 아니 이건 천재라도 불가능해. 어떻게 그런 논문이 나올 수 있는 거지? 하찮은 수련의 따위가?"

"현실이잖아요. 제가 작성한 자료 맞고, 그건 전부 교수님께서 집필해 두신 자료를 바탕으로 응용만 해 본 겁니다."

"하아, 심증은 있는데 물증이 없을 때의 형사 마음이 이런 느낌인가? 모든 게 시나리오처럼 딱딱 맞아떨어지잖아. 이걸 내가 어떻게 받아들여야 하는 거냐?"

고함 교수가 답답한 듯 입술을 잘근거렸다.

"그냥 긍정적으로 생각해 주십시오. 간절히 원하면 이루어진다고 하지 않습니까?"

"그냥, 군소리 말고 받아들여라?"

"그런 의미는 아니고요. 아, 맞다! 그나저나 윤영 환자에게 통보해 줘야 하는 거 아닌가요? 기쁜 소식인데."

"됐고! 너, 자꾸 미꾸라지처럼 빠져나가려고 하지 마라. 하여간, 나중에 제대로 심문할 테니까 각오해."

"네. 그나저나 제가 전달할까요?"

"됐어. 내가 할 테니까. 아! 그리고 그 김 할아버지라는 분이 돈이 그렇게 많아?"

"아, 네. 좀 많으시던데요? 자선 재단을 만들어 운영하고 계신 걸로 알아요."

"그래? 근데 왜 6인실 병실을 쓰신 거야?"

"뭐, 자수성가하신 분들의 특징이잖습니까, 근검절약이 몸에 배어 있는 건."

"하긴, 생선 팔아 평생 번 돈을 기부하신 할머니도 있더라. 아무튼, 내가 무척 감사하게 생각하고 있다고 말씀 좀 전해 드려."

"네, 꼭 전해 드릴게요."

"알았다. 너, 아무튼 각오해."

"네."

윤영의 병실.

"저희 병원의 방침입니다. 환자분의 안전을 위해서 저희 병원은 절대로 출산을 허용할 수 없습니다."

"아, 그럼 어떻게 해야 합니까?"

윤영과 그의 보호자 기중기가 울먹거렸다.

"어쩔 수 없습니다. 저희 병원에서 치료를 받기 원하시지 않는다면, 다른 병원으로 가시는 수밖에……."

"가긴 어딜 가?"

그 순간, 고함 교수가 병실 안으로 들어왔다.

"교수님?"

한상훈 교수가 당황한 표정을 지었다.

"왜 내 환자한테 가라 마라 난리야! 당장 비켜!"

고함 교수가 한상훈 교수를 거칠게 밀어젖혔다.

그리고 일주일 후, 우여곡절 끝에 연희세바스찬병원 산부인과 에이스 왕 교수, 미국 존스홉킨스 출신 마취과 전문의 존 강, 그리고 흉부외과 최고 외과의 고함 교수가 참여한 세기의 수술이 성사되었다.

먼저 제왕절개는 왕 교수에 의해 빠르고 정확한 집도가 이뤄졌고, 마취과 존 강과 폐고혈압 센터장 윤 교수는 직접 수술방에 나와 혈역학적 모니터링을 실시했다.

마지막으로 심장과 폐에 이상 징후가 있을 경우를 대비해, 고함 교수가 실시간으로 제이든 석좌교수와 커뮤니케이션하며 그들을 서포트했다.

수술은 대성공이었다.

지이이잉.

"산모는요?"

수술실 문이 열리자 기중기가 고함 교수에게 달려갔다.

"후우, 건강합니다."

"그, 그럼 우리 아이는……?"

아이의 상태를 묻는 기중기의 목소리가 미세하게 떨렸다.

"우리 예쁜 공주님, 지금 신생아 중환자실로 옮겨서 전문 의료팀이 돌보고 있습니다! 아주 예쁜 따님을 얻으셨어요!"

"감사합니다! 정말 감사합니다!"

다리에 힘이 풀렸는지 기중기가 비틀거렸다.

"저런, 이제 가족이 한 명 더 생겼는데, 가장이 이렇게 부실하면 씁니까? 힘을 내셔야죠. 게다가 아직 기중기 씨도 환자입니다. 몸 관리를 잘하셔야죠."

"그럼요! 당연히 힘을 내야죠. 감사합니다! 정말 이 은혜
는 잊지 않겠습니다."

기중기가 연신 허리를 숙여 인사했다.

"예쁜 따님이랑 행복하게 잘 사시면 그걸로 족합니다. 그
동안, 고생 많이 하셨습니다."

그렇게 모두 다 불가능할 거라 생각했던 수술은 성공했고,
윤영 환자는 물론 그녀의 2세 또한 건강한 모습으로 세상에
나올 수 있었다.

❤

흉부외과 의국.

"윤찬아, 내일 우리 별장 가는 날인 거 알지?"

김귀남이 흉부외과 의국을 찾았다.

"아, 그게 내일인가?"

"진짜, 내가 몇 번을 말해. 내일이잖아. 너, 내일 오프지?"

"어, 맞긴 한데, 나 솔직히 거긴 좀 부담스럽거든. 안 가면
안 될까?"

"야! 이제 와서 무슨 소리야? 우리 부모님한테 전부 너 온
다고 말해 놨단 말이야."

김귀남이 난처한 표정을 지었다.

"그래도, 가족 모임인데 내가 가도 될까?"

"돼! 가족 모임이긴 한데, 다들 친한 지인분들도 초대해서 와. 그러니까 넌 와도 괜찮은 거야."

"그래, 알았어."

"아무튼, 내일 병원 앞으로 데리러 올 테니까, 정문 앞에 딱 서 있어. 어?"

"알았다니까."

그리고 다음 날, 난 귀남의 초대를 받아 그의 별장으로 향했다.

귀남의 차를 타고 별장 입구에 들어서자, 벤츠, BMW 등 각종 고급 수입 차들이 즐비했다.

"들어가자, 윤찬아."

"그래, 알았어."

웅성웅성.

잔잔하게 울려 퍼지는 라이브 클래식. 뽀얀 식탁포가 둘러진 테이블 위엔 수십, 수백만 원을 호가하는 와인들이 즐비했다.

"아버지!"

"그래, 귀남아! 어서 와라."

"제 친구, 윤찬이에요."

김귀남이 나를 소개했다.

"오, 그러니? 반갑구나, 어서 와라. 귀남이 친구라고?"

"네, 같은 병원에서 근무하고 있습니다."

"아버지, 지난번에 제 생일 때 우리 집에 왔었잖아요. 저랑 병원에서 제일 친한 친구예요."

"그런가? 미안! 내가 몰라봐서 미안하구나."

"아닙니다."

"그래, 우리 귀남이 좀 잘 부탁하네. 녀석이 워낙 숫기가 없는 녀석이라, 그 험한 일을 잘하려나 몰라?"

"아닙니다. 너무 잘 해내고 있어요."

"하하하, 그러냐?"

"네."

"그래, 아무튼 먼 곳까지 오느라 고생했을 텐데, 귀남이랑 즐거운 시간 보내라."

"네, 그렇게 하겠습니다."

"후후, 너 눈빛이 좋구나? 의사보단 나랑 같이 일하는 게 더 어울릴 눈빛인걸."

김귀남의 부친 김부식.

검찰 고검장 출신으로, 국내 최고의 로펌 '김 앤 정'의 변호사이자 로펌 대표였다.

"과찬이십니다."

"칭찬한 거 아닌데. 의사로 일하기엔 눈빛이 좀 세다? 뭔가 원하는 게 많은 눈빛이야. 그, 갈증 같은 거라고나 할까?

아무튼."

　김부식이 한쪽 입꼬리를 말아 올렸다.

　"아, 네."

　"아버지, 그게 무슨 실례예요?"

　그 순간, 김귀남이 나섰다.

　"아, 미안! 칭찬은 아니지만 나쁜 의미는 아니었단다. 아무튼, 사과하마. 미안하군, 윤찬 군."

　"아, 아닙니다."

　"그래, 아버지는 귀한 손님을 맞아야 하니까, 귀남이 네가 알아서 잘 대접해 줘라."

　말을 마친 김부식이 손목시계를 내려다보며 중얼거렸다.

　"그나저나 회장님이 오실 때가 된 것 같은데, 늦으시네?"

　"윤찬아, 신경 쓰지 마."

　"뭘?"

　"우리 아버지는 원래 저런 식이야. 말을 꼭 저렇게 하시더라."

　김귀남이 투덜거렸다.

　"괜찮아, 난 아무렇지 않아."

　"너, 배고프지?"

　"어, 조금."

　"우선 밥부터 먹자."

　"그래."

가든파티

엄청난 규모의 별장. 거짓말 좀 보태면 별장 전체를 다 둘러보려면 1박 2일은 걸릴 만큼 화려하고 웅장한 곳이었다.

그리고 이곳에 모인 사람들.

전, 현직 고관대작들 아니면, 우리나라 경제를 들었다 놨다 하는 재계 인사들이 즐비했다.

다들 어디선가 이름 한 번쯤은 들어 봤음 직한 유명 인사들이었다.

김귀남이 어떤 사람인지, 나와 얼마나 다른 세상에서 살고 있는 사람인지 눈으로 똑똑히 확인하는 순간이었다.

고급스러운 와인 바가 차려진 또 다른 곳. 이곳엔 언뜻 봐도 돈 많아 보이는 귀부인들이 수다를 떨고 있었다.

"어머, 김 여사! 소식 들었어요?"

"무슨 소식요?"

"김 앤 정이 대서양 로펌을 인수한다네요."

"어머, 대서양이면 규모가 만만치 않을 텐데?"

"그러게 말이에요. 아이 아빠 말로는 적대적 인수합병이라고 하던데?"

"진짜요? 그렇게 되면 어떻게 되는 거야? 우리도 줄 다시 서야 하는 거 아니에요?"

"그걸 말이라고 해요? 까딱 잘못했다가 김 앤 정 눈 밖에 나면 낭패도 그런 낭패가 없죠. 어머, 저기 사모님 오시네."

"무슨 얘기들을 그렇게 재밌게 하세요?"

그 순간, 김부식의 아내, 박성희가 모습을 드러냈다.

"어머, 어머, 우리 사모님 피부 좀 봐. 어디서 관리받아요?"

수다를 떨던 여자들이 그녀의 곁에 껌처럼 달라붙었다.

"관리는 무슨요. 그냥, 별로 하는 게 없어요."

"어머, 우리 사모님은 타고난 피부신가 보다! 어쩜 피부가 이렇게 아기 피부 같아요?"

또 다른 여자가 다가와 가세했다.

"아기 피부는 무슨요. 이젠 나이 먹어서 목주름도 장난 아니에요."

"말도 안 돼. 사모님이 주름이면, 전 번데기예요, 번데기!

그나저나 그 강아지는 품종이 뭐예요?"

"어머, 너무 예쁘다! 이거 로첸 아니에요?"

한 여자가 물어보자 경쟁적으로 또 한 여자가 나섰다.

로첸, 마치 노인의 콧수염처럼 긴 수염을 가진 품종으로 유명 인사 할리우드의 스타들이 선호하는, 수천만 원을 호가하기도 하는 명품 애완견이었다.

"네, 맞아요. 얼마 전에 입양했어요."

"그래요? 이거 굉장히 비싼 품종 아닌가요? 제가 알기로 4천만 원은 호가한다던데?"

"그렇게 비싼가요? 선물받은 거라."

"호호호, 당연하죠. 명품 중에 명품이에요. 사모님이 안고 있으니까 너무너무 분위기가 고급스럽다."

듣기만 해도 속이 거북할 만큼, 여자들이 박성희에게 알랑방귀를 뀌었다.

"고놈, 참 맛나게 생겼네. 실례가 안 된다면, 나도 좀 끼면 안 되겠소?"

그 순간 끼어드는 이질적인 거친 목소리. 어이없게도 그녀는 나의 양어머니인 김 할머니였다.

"맛나다니? 지금 저 할머니가 여기가 어딘 줄 알고 그런 망발을 하는 거야, 야만스럽게."

"그러게 말이에요. 그나저나 저 할머니는 누구지?"

"행색을 보아하니 일하는 할머니겠죠. 여기 초대받은 손님이겠어요?"

"나, 여기 당당히 초대장 받고 온 사람입니다."

김 할머니가 품 안에서 초대장을 꺼내 보였다.

"어머, 일하는 사람이 아니라고?"

깜짝 놀란 여자들이 수군거렸다.

"할머님, 앉으시죠."

투덜거리던 여자들 틈에서 박성희는 좀 다른 태도를 보였다.

"사모님, 그게 좀 불편하지 않으세요?"

"그러게요. 분위기도 좀 그렇고. 눈치도 없이 여기가 어디라고?"

불편한 듯 눈치를 살피는 돈 많은 여자들이었다.

"고맙소. 그나저나 나도 그거 한 잔 얻어 마셔도 되겠소?"

김 할머니가 테이블 위에 놓인 와인을 가리켰다.

"뭐, 그러시죠."

또르르, 박성희가 김 할머니에게 와인을 전달했다.

"고맙소."

벌컥, 김 할머니가 단숨에 와인 잔을 비워 버렸다.

"어머, 무식한 것 좀 봐."

"그러게요. 교양이라고는 눈곱만큼도 없는 것 같은데 여길 어떻게 초대받은 거야?"

여전히 여자들이 김 할머니와 거리를 둔 채 수군댔다.

"그나저나 개 새끼가 참 예쁘군요. 품종이 뭡니까?"

"네, 로첸이라고 원산지는 프랑스 쪽이에요."

"아, 그렇군. 저도 예전엔 개를 좀 키웠는데."

"아, 네, 그러시군요."

"네, 예전에요."

"품종이 뭐였어요? 닥스훈트, 비숑프리체?"

그나마 박성희가 김 할머니에게 말을 붙여 주었다.

"아뇨, 시고르자브종이라고."

"네? 시고르자브종? 러시아산인가요?"

"아뇨, 아뇨. 그냥, 누렁이라고 시골 잡종이에요."

"아, 네에."

"큭큭큭."

'역시 그러면 그렇지!'란 눈빛의 여자들이었다.

"집 없는 개였는데, 하도 불쌍해서 주워다 길렀죠. 밥 잘 먹여 주고 편안히 재워 주니까, 제법 살도 불고 주인 말도 잘 듣더라고요."

"아, 네."

김 할머니에게 아무런 관심도 없는 여자들. 하지만 이 파티의 호스트인 박성희는 그럴 수 없었다.

이유는 알 수 없지만, 김 할머니가 초대장을 가지고 있었기에.

그녀는 어쩔 수 없이 할머니의 말을 들어 주었다.

"내가 재밌는 얘기 하나 해 줄까요? 예전에 집에 도둑이 들었는데, 우리 누렁이가 잡은 적도 있어요!"

"정말요? 개가요?"

도둑을 잡았다는 소리에 살짝 관심을 내비치는 돈 많은 아줌마들이었다.

"그럼요. 도둑만 잡았나요? 사람 말귀를 얼마나 잘 알아먹는지, 심부름을 시킬 정도였다니까요?"

"정말요? 잡종견이? 설마?"

아줌마들도 조금씩 흥미가 당기는 모양이었다.

"네. 그런데 이 녀석이 잘해 주니까, 자기가 사람인 줄 알더라고요."

"원래 그래요. 우리 집 엘리자베스도 자기가 사람인 줄 안다니까요."

"맞아, 우리 프린스도 그래."

"그래서요?"

아줌마들이 김 할머니 주변으로 슬슬 모여들기 시작했다.

하여간, 사람들의 관심을 끄는 데는 천부적인 소질이 있는 분이었다.

"흠, 그게 언제부터인가, 사람 먹는 밥상을 건드리지 않나, 주인 신발을 다 물어뜯질 않나. 하여간, 못된 짓은 골라 가면서 하더라고요."

"어머, 역시나 잡종이라 그런가 보다. 그래서 어떻게 됐어요?"

점점 사람들이 김 할머니의 만담 속에 빠져들었다.

"뭘 어떻게 해요? 배은망덕하게 은혜도 모르고 날뛰는 놈을 다루는 방법은 하나뿐이지. 거기 술 한 잔 더 주면 얘기해 주고."

"네네, 여기요. 그래서요?"

한 여자가 와인을 통째로 들고 왔다.

"방법이 뭐예요? 혼을 내 준 건가요? 아니면, 밥을 안 줬나?"

"아니지. 그런 녀석은 혼낸다고 고쳐지질 않아요. 그럴 때는 다른 방법이 없어요. 아쉽지만, 된장 바르는 수밖에요. 그날, 우리 식구들 실컷 몸보신했죠, 뭐."

김 할머니가 아무렇지 않다는 듯 입맛을 다셨다.

"어머, 어머, 그러면 개, 개를 먹었다는 거예요?"

화들짝 놀란 아줌마들이 깜짝 놀라 눈을 크게 떴다.

"회장님, 여기 계셨습니까?"

그 순간, 김부식이 할머니를 찾았다.

"아, 그래, 왔니."

왔니?

그 말 한마디에 도도했던 아줌마들의 표정들이 굳어져 갔다.

"네. 오셨으면, 전화를 주시지. 제가 얼마나 찾았는지 아세요?"

"뭘 찾니? 내가 손이 없니, 발이 없니. 알아서 잘 찾아왔겠지. 벌써 노망이 난 것도 아니고."

"무슨 그런 말씀을 하십니까? 아, 여보, 인사드려요. 전에 말씀드렸던 김 회장님!"

김부식이 최대한 정중하게 김 할머니를 소개했다.

"어머, 김 회장님! 제가 혹시 결례를 범한 건 아닌지."

"무슨, 그런 거 없소. 나만, 개 새낀지 사람 새낀지 구분이 안 돼서 글치."

"네? 그게 무슨 말씀이십니까?"

"모르겠소? 저기들 많지 않소?"

"네?"

"예뻐해 달라고 혓바닥 쭉 내밀고 살살거리는 것들이 개 새낀지 사람 새낀지 내가 어이 알겠음?"

김 할머니가 여자들을 훑어봤다.

"아, 네."

"그러니까 앞으로 사람인지 개 새낀지 구분 잘하시오. 괜히 나중에 신발 다 물어뜯고 사람 밥상까지 차고 올라올지도 모르니까."

"……."

"사, 사모님, 저 잠시 화장실 좀."

"저도, 갑자기 두통이 생겨서."

그 순간, 여자들이 하나둘씩 자리를 빠져나가기 시작했다.

"저 보라, 꽁무니 빼는 것이 우리 누렁이랑 뭐가 다르니. 부식아, 아니 그러니?"

하하하, 할머니가 특유의 걸걸한 목소리로 웃었다.

"아, 네. 그건 그렇고 먼 길 오시느라 피곤하실 텐데, 내실로 들어가시죠. 아버님이 기다리고 계십니다."

"그래? 그럼 그래야지. 앞장서라."

김 할머니가 김부식을 앞세워 별장 안으로 들어갔다.

"여기서 뭐 해?"

그 순간, 김귀남이 내 어깨를 툭 건드렸다.

"어? 아무것도 아냐. 재밌는 구경거리가 있어서."

"그래? 그 재밌는 게 뭔데?"

"글쎄다. 누렁이 몸에 된장 바른 사연?"

"된장?"

"그래, 아무튼 그런 게 있어."

"싱겁긴."

"그나저나, 너 저기 네 아버지와 같이 가시는 할머니에 대해서 아니?"

"아, 김 회장님?"

"김 회장님?"

"응, 우리 할아버지와는 어릴 때부터 인연이 있으셨대. 두 분이 아주 각별한 사이라지 아마?"

"아, 그렇구나."

"그래, 우리 할아버지가 왕호랑이라고 소문이 날 만큼 까칠하시거든? 워낙 고집이 세신 분이라, 그 누구 말도 안 듣는데, 유일하게 저분 앞에만 서면 순한 양이야. 뭐, 들리는 말로는 저분이 우리 할아버지 첫사랑이란 소문도 있고. 근데 왜?"

"아냐, 아무것도."

"아무튼, 저 김 회장님이란 분, 엄청 대단한 분인 건 틀림없어."

"그렇구나."

생각보다 김 할머니의 인맥은 넓고 화려했다.

"그래, 그건 그렇고 고모부가 널 좀 데리고 오래. 같이 가자."

"후우, 괜히 떨리네?"

"에이, 그럴 것 없어. 그냥 인사드리는 거니까."

"그래, 가자."

♥

김귀남의 고모부란 사람은 윤영병원 원장, 윤선도였다.

자신의 성인 윤과 아내의 가운데 글자인 영을 따 만든 병원이었다.

흉부외과 수련의라면 누구든 근무하고 싶은 국내 유일의 흉부외과 전문 병원이었다.

"고함 교수 밑에서 일한다고?"

"네, 그렇습니다."

"고 교수, 여전하지?"

"네, 여전히 욕하시고 여전히 정강이 걷어차십니다."

"하하하, 하여간 예나 지금이나 똑같은가 보군. 우리 병원에서 나를 좀 도와달라니까, 거기 처박혀서 나오질 않는군."

"그러신가요?"

"귀남이 녀석도 흉부외과에 지원하라고 했더니, 결국 소아과로 가 버렸어. 우리 병원에 들어와서 고모부 좀 도와달라고 했더니 말이야."

"고모부, 그럼 저 대신 우리 윤찬이 데리고 가시면 되겠네요. 윤찬이 성적도 좋고, 나름 우리 병원 스타거든요!"

김귀남이 나를 향해 엄지를 추켜세웠다.

"실력이 제법 있나 보구나?"

"그럼요! 캠브리지에서도 우리 윤찬이를 눈독 들이고 있다고요. 서두르셔야 할걸요, 거기서 먼저 채 가기 전에."

"그래? 이거 베팅을 좀 해야겠는걸."

"아, 아닙니다. 과찬이십니다. 귀남아, 왜 쓸데없는 소릴 해?"

"뭐 어때, 다 사실인데."

"글쎄요? 실력은 좀 있는 것 같긴 한데, 윤영병원은 연희 출신들만 들어가는 곳 아닙니까?"

"오, 한 교수! 언제 왔나?"

"네, 원장님. 제가 좀 늦었습니다."

그 순간, 끼어드는 이질적인 목소리. 그는 한상훈이었다.

다음 권으로 이어집니다

The Final
더 파이널

유성 퓨전 판타지 장편소설

「아크」「로열 페이트」「아크 더 레전드」
작가 유성의 새로운 도전!

회귀의 굴레에 갇혀 이계로의 전이와 죽음을 반복하는 태영
계속되는 죽음에도 삶에 대한 의지를 불태우던 어느 날

갑자기 시작된 침식으로 이계와 현대가 합쳐진다!

두 세계가 합쳐진 순간,
저주 같던 회귀는 미래의 지식이 되고
쌓인 경험은 태영의 힘이 되는데……

이계의 기연을 모조리 흡수해
누구도 넘볼 수 없는 전사로 우뚝 서다!